連作時代小説

はむ・はたる

西條奈加

KOBUNSHA

光 文 社

『はむ・はたる』目次

あやめ長屋の長治

長治《ちょうじ》は、まったく嫌《いや》な奴だ。

親なしだの泥棒だの、その手の悪口ならこっちも慣れっこだのに、長治のはもっと念が入っている。

「おめえら孤児《みなしご》は、木の叉から生まれたんだってな。木ってなぁ、厠《かわや》っきわの南天《なんてん》か？」

このくらいなら、まだ我慢もきく。おれたちはもう十二で、長治よりひとつ上になるし、その辺の餓鬼《がき》よりは性根《しょうね》もすわってるつもりだが、

「干してあったおれの下帯《したおび》がなくなったんだ。どうもこそ泥一家が越してきてから、失せものが多くてかなわねえ。まあ、どうせ着古しの代物だ。めぐんでやるから大事にしろよ」

ここまで言われては、まず勝平《かっぺい》が黙っちゃいない。

「てめえのくっせえ褌《ふんどし》なんざ、百両積まれたってお断りだ！　この野郎、今日という今日は、その出っ歯をへし折ってやる！」

鉄砲玉のように長治の胸座《むなぐら》にとびかかっていく勝平を、押えつけるのはおれの役目だ。

「おいっ、玄太《げんた》、はなせ、はなせよ！」

負けん気は人一倍でも、からだは子供のまんまだ。頭ひとつほどもでかいおれにしがみつかれては、手も足も出ない。

「なんで止めんだよ。あんな奴がつんと一発殴ってやりゃ、それでけりがつくってのに」

ずるずるとおれに引きずられ井戸端から長屋に戻ると、勝平が嚙みついてきた。

「なにを言われても辛抱すると、こっちからは決して手を出さねえと、長谷部《はせべ》の婆《ばば》さまとも差配《さはい》さんとも約束したじゃねえか」

「堪忍にも限りがあらあ。あの出っ歯野郎、毎朝、毎朝、しつこいったらねえ。おれたちだけならまだしも、あいつらが可哀相じゃねえか」

と、勝平は、九尺二間《くしゃくにけん》の長屋の奥に目をやった。九つになる惣介《そうすけ》が、五歳のエイの世話を焼き、その傍らでは七つのミツが、慣れた手つきで己の帯を整えている。おれたち五人は、兄弟でもなんでもねえ。

「盗みを働いてたのはおれたちだけで、あいつら小さいのは悪いことはしちゃいねえってのに」

不憫《ふびん》でならないのだろう。勝平はぷいと横をむき、出仕度をはじめた。

昔は一面に紫の花が咲いていたという、風流な由来のあやめ長屋は、深川六間堀町《ろっけんぼりまち》にある。

おれたちがここに越してきたのは、半年前だ。もとは長治の言うとおり、仲間十五人で掏摸《すり》やかっぱらいをして食いつないでいた。みんな親に捨てられたり売られたりした連中で、勝平はその頭分だった。

だけどいまはまっとうな商いに精を出し、ちゃんとお上の裁きも受けた。長屋に住めるようになったのも、お上の口利きだ。さすがに子供ばかり十五人も請け負ってくれる場所《ところ》はなくて、三町に五人ずつ分けられちまったけれど、三町ともごく近いし、どうせ商いで毎日顔を合わすから不足はない。

これでようやく人並みの暮らしができると、長屋に移った頃は皆大喜びだった。だけどまもなく、雨もりだらけのぼろ屋のほうが、よほどましだったと知った。世間の目や口は、それほどにうるさかった。

長屋の大人たちは挨拶だけはしてくれるものの、いかにも関わりあいたくないと言わんばかりに、おれたちが井戸端へ行こうものならそそくさと退散する。含みのある目つきで遠くからこちらをうかがって、こそこそと陰口を交わす。それとは逆に子供連中は、からかったり意地悪をしたり、ときには石さえ投げられた。

おれたちが相手にせぬものだから、近頃は飽《あ》いてきたらしく少しは落ち着いてきたものの、長治だけは律儀な奴で、毎朝、判を押したように井戸端にやってきた。おれたちは一日中商いに出ちまうから、顔を合わせるのは朝しかない。

「もう行こうぜ。早くしねえと、婆さまの朝飯を食いっぱぐれちまう」

「玄太はいつだって飯のことばかりだ。それ以上でかくなってどうすんだ」

すでに小柄な大人くらいにはなっているおれを見上げて、勝平は口を尖らせた。

はしゃぐちびたちに手を引かれ、長屋を出たところでかみさん連中と行きあった。背にひそひそ声が刺さるのはいつものことだが、今日の勝平は機嫌が悪い。

「ああ、ああ、長治の野郎がどっかにいなくなりゃ、もうちっと朝餉《あさげ》も旨くなるのにな」

長屋の木戸門を出しな、きこえよがしの大声で叫んだ。

こちらに都合のいいことなぞ、滅多に起こるもんじゃねえ。ところがそいつが、本当になった。

その日のうちに、長治が消えた。

「おまえたち、長治をどこにやったんだい！」

同じ日の晩だった。寝仕度をしていると、表戸が騒々しい音を立てた。勝平があけると、上唇からせり出した歯で嚙みつかんばかりの形相で、女が仁王立ちになっていた。

「さっさと長治をお出し！　いますぐ出さなけりゃ、役人を呼ぶよっ！」

この親にしてこの子あり。長治の母ちゃんだった。勝平はぽかんとしていたが、どうやらあらぬ疑いをかけられているらしいとわかると、すぐに怒鳴り返した。

「冗談じゃねえや！　あいつの居所なんざ知るものか！」

いきなり咎人《とがにん》呼ばわりじゃ、腹に据えかねるのも無理はねえが、

「そんなに心配なら、首に縄でもつけときゃいいだろ。大方あんたと同じその出っ歯で、縄を食い千切ったんじゃねえのか！」

出過ぎた歯も根性も、長治は母ちゃんにまったくよく似ている。だけどこの場でそれをもち出すのは、向う見ずというものだ。

「どこまで憎たらしい餓鬼なんだ！　差配さん、いますぐ隣町の安蔵《やすぞう》親分を連れてきておくれ。締め上げでもしないことには、この盗人連中は素直になりゃあしないよ！」

勝平がさらに吠える前に、そのからだを押えつけ、

「長治が、帰ってこねえのか？」

おれはお袋さんの肩越しに、長屋の差配にたずねた。他にも大人が五、六人も、剣呑《けんのん》な顔で後ろを固めている。

「手習いからいったん戻って遊びに出かけたきり、いまだに帰ってこないのさ」

と、差配は、申し訳なさそうにおれを見た。この差配さんはいい人なんだが、いささか気が弱い。おれたちと長屋の衆の板挟みになって、困りきっているようだ。

「おまえたち、本当に知らないのかい？　そのう……なにやら今朝方、長坊のことで物騒なことを口にしていたと、かみさん連中からきいたものだから……」

あ、と声が出そうになった。長治がいなくなればいいと、たしかに勝平はそう言った。間が悪いとは、このことだ。

「おれたち本当に、長治の行方は知りやせん。毎朝、悪態をつかれて参ってたのはたしかだけど……」

「ほら、ごらん。やっぱりおまえらがあの子を……」

鬼の首をとったように、長治の母ちゃんが嵩《かさ》にかかる。

「けどおれたちは、昼間は商いに忙しくてそれどころじゃねえんだ。どうしても疑わしいっていうなら、おれと勝平を存分に調べてくれ」

「そんとおりだっ！　だいたい長治なんざ、拳骨ひとつでたくさんだ。こんな面倒な真似なぞするものか！」

勝平と長治の母ちゃんは、さらにひと揉めしたものの、やがて大人たちは長治を探しに出ていった。

長治の行方はまるでわからず、翌日おれと勝平は番屋にしょっぴかれた。

「いいか、消えた子供が見つかるまで、ここから出られねえと思え。話すんなら、いまのうちだぞ」

このあたりを縄張にする岡っ引きの安蔵親分は、おれたちの前で存分にすごんでみせたが、このくらいじゃ屁でもねえ。退屈そうに大あくびをした勝平が、口をあいた喉の奥で、いきなりしゃっくりみたいな声をあげた。

「げ……婆さま……」

あけ放された番屋の戸の外に、長谷部の婆さまが立っていた。ずい、と婆さまが中に踏み込むと、土間に胡坐《あぐら》をかいていた勝平が、尻だけであと退《じさ》りした。

この世に怖いもんなしの勝平が、唯一頭の上がらないのがこの婆さまだ。百俵扶持の御家人の母上で、嫁のご新造さまともども手内職に稲荷鮨を作っている。おれたちはその稲荷を商っていた。婆さまはおれたち十五人の身許引受人でもあるし、雨風で商いに出られぬ日には読み書きなぞも教えてくれる。いわば大恩人ではあるのだが、なにせ怖い。

身分と名を名乗り、親分への挨拶を済ませると、婆さまはぎろりとこちらを睨《ね》めつけた。

「おまえたち、同じ長屋の子供に悪さをしたのですか？」

おれのこめかみから、冷汗が垂れた。隣で勝平が、ごっくん、と唾を呑む。

「……なんにも、してねえ」

「もっと大きな声で！　それに、してません、です！」

「へ、へい！　おれたち神仏にちかって、なんにもしてやせん！」

「本当ですね？」

勝平とふたりそろって、張子の玩具のように首をこくこくさせる。

「では、子供の行方について、何か知っていることは？」

今度は頭がもげそうなほど、ぶんぶんと首を横にふる。

「よろしい。では、親分さん。この子たちはこちらで引きとらせていただきます」

「え……い、いや、ご隠居さま、そういうわけにも……」

「ふたりは、やっていないと申しております。親分さんもご承知のとおり、もとは盗みにも手を染めていた子供たちですが、嘘だけはつきません」

涙が出そうなありがたいお言葉だが、親分に詰めよる姿が怖すぎて逆にちびりそうだ。

「ですがねえ、こっちにもこっちの都合ってもんが……」

いつまでも四の五の言う親分の目の前に、婆さまは帯に手挟んでいた懐刀《ふところがたな》をつきつけた。かちりと鞘のはずれる音がして、すい、と白刃が引き出される。

「ご、ご隠居さま、早まらねえでおくんなさいっ」

安蔵親分もその手下も番太郎もまっ青になり、ざざっと番屋の奥に退いた。

「万が一この子らが虚言を弄《ろう》していたならば、私はこの懐剣で喉を突きます。これほどの武家の覚悟を、よもや疑うつもりではありますまいな」

どこぞの大芝居のようなひと幕は、親分衆を震えあがらせるには十分だった。

「もとはと言えば、おまえの軽はずみな行いが人様の疑いを招いたのです。日頃から口を慎むようあれほど戒めておいたというのに、ようく悔い改めなさいっ」

長谷部の家に辿りつくと大雷が落とされて、さすがの勝平もすっかり参ってしまった。

「ちくしょう、あの長治のせいでとんだ災難だ」

台所で稲荷鮨を詰めながら、勝平が鼻息を荒くする。

「こんなところで油売ってる暇に、ずんずん稼ぎが減っていくと思うと気が気じゃねえ」

落ち着かなげに、尻をもぞもぞさせる。

どうやら長谷部の婆さまが、差配さんや親分とすっかり話をつけちまったようで、おれと勝平は昼間のあいだ、長谷部の屋敷へ留置《とめお》きとなった。おれたちはいわば仲間うちの稼ぎ頭だから、勝平が焦る気持ちはよくわかる。

「それにしても長治の奴、どこに行っちまったんだろう」

「さあな、その辺の堀にはまって流されて、いまごろは鯨の腹ん中じゃねえのか」

「そいつは困ったな」

「なんでだよ。あんな奴いなくなってせいせいすらあ。玄太だって、そう思うだろ?」

「そりゃあおれだって、長治は好きじゃねえよ。けどよ、このまま長治が見つからなけりゃ、この先ずっとおれたちへの疑いは晴れやしねえぞ」

猫のような大きな丸い目をさらに広げて、勝平がぎょっとなった。

「冗談じゃねえ! おれたちゃ、これっぱかしも関わっちゃいねえんだぜ」

あいにくと、世間さまはそう甘くない。なにか起きれば咎人をあげずば気が済まないし、得てしてその役割は、おれたちのようなもと咎人に割りふられる。

「なあ、勝平、おれたちで長治を探さねえか?」

「玄太、おめえ……頭がどうにかしちまったのか? なんだってそんな酔狂《すいきょう》な真似……」

「だってよ、濡れ衣《ぎぬ》を着せられたまんまじゃあ、この先商いだってままならねえぞ」

文句のつけようは山ほどあるが、たしかに一理ある。勝平はそういう顔をした。

「それによ、ひょっとしたら長治は、おれみてえにかどわかされたんじゃねえのかな」

勝平の濃い眉が、ぴくりとした。

「いまごろ人買いに渡されて、おれたちと同じ目に遭ってるかもしんねえぞ」

勝平が、押し黙った。油揚げをぶらさげたまんま、手が止まっている。

おれは祭りの人込みでかどわかされて、人買いの手で江戸へ連れてこられた。ろくに飯も与えずこき使うひどいところに売られて、集められた子供は皆ばたばた死んでいった。役人が踏み込んできたときは、おれと勝平しか残っていなかった。あと幾日か遅ければ、おれたちも間違いなくあの世行きだったろう。

「嫌な奴だけど、長治も子供だ。おれたちのような目に遭わせるのは忍びねえよ」

おれたちふたりきりから十五人にも仲間が増えたのは、捨子や孤児を勝平が放っておけなかったからだ。てめえより小さい子を無下《むげ》にできない、勝平はそういう性分だ。長治がおれたちよりひとつ下なのは、思えば運のいいことだった。

「……鯨に食われてたら、探しようもねえぜ」

仏頂面《ぶっちょうづら》は変わらぬが、どうやら勝平がその気になった。

「長治は泳ぎは達者だそうだ。あの辺でかなう奴はいないって、長屋できいたことがある」

「そうか……今年はいまんとこ空梅雨で、川も水嵩が少ねえ。流されたとは考えにくいな。どこかの隙間にうっかりとはまって抜けられねえとか……いや、あいつはずるくてはしっこいから、この手の鈍臭いしくじりもやりそうにねえ……とすると、やっぱり連れ去りか。けど、待てよ……」

そこいらの大人なんぞ顔負けに、勝平は頭がいい。さっそく、何か気づいたようだ。

「あいつをかどわかして、いったいなんの得になるってんだ？　金目当てなら大店《おおだな》の子供を狙うだろうし、あんなに育っちまえばなんだって覚えてるから、おいそれと他所《よそ》に売るわけにもいかねえ……これがハチみてえな男前なら、さらう理由《わけ》もありそうなもんだが」

仲間のひとりのハチは、男のくせにちょっとお目にかかれねえようなきれいな顔をしている。そのおかげでいかがわしい場所に売られたり、たいそう難儀をしてきた奴だ。

「けど長治の面《つら》ときたら、あの出っ歯だけで釣りがきそうなくれえだが、目は胡麻粒をなめに貼っつけたみてえだし、鼻なんかお天道《てんと》さまを向いてるんだぜ。あいつをさらって、いったいどんな利があるってんだ」

「そうだな。かどわかしじゃねえとしたら、探せばきっと見つかるよ。おれたち十五人もいるんだぜ。稲荷売りの商いがてら片っ端からきいて歩けば、とっかかりくれえはつかめるさ」

「出っ歯の長治を知りやせんかぁ、ってふれ歩くのか？」

「似顔絵をもたせれば、早いのではないか？」

「そうか、似顔絵か、そいつはいい……えっ！」

相槌を打った勝平が、ぎょっとして後ろをふり向いた。

勝手口を入ったところに、男がひとり立っていた。

埃まみれのぶっさき羽織に脚絆姿は、侍の旅装束だ。おれとそう上背の変わらない、小柄な若いお侍だった。

「いや、すまんな。盗み聞きするつもりはなかったのだが、なかなか面白そうな相談をしていたもので、つい」

と、日焼けた顔をほころばせた。笑うと糸のようになる下がりぎみの目や、やわらかい口許が、誰かに似ている。初めて会うはずなのに、ひどく馴染みがある。

勝平は胡散臭そうに、侍を見上げた。「おめえ、誰だ？」

「おれか？　おれはな……」

と、甲高い声が、代わりにこたえた。

「柾《まさき》ではありませんか！」

土間から一段高い板の間に立ち、婆さまが目を剝いていた。

「これは母上、相変わらず達者なごようすで、なによりですな」

「達者がきいてあきれます。どうして二年のあいだ、便りのひとつも寄越さぬのです！」

「便りのないのが無事な証しと、よく言うではありませんか」

目の前のお侍は、まるで屈託がない。勝平が、おずおずと切り出した。

「あのお……こいつ、じゃねえ、このお方はひょっとして……」

「この子は長谷部家の次男、柾です」

「じゃあ、旦那さまの弟さんてことでやすね」

言いながら、おれはようやく合点《がてん》がいった。知った顔に思えたのは、長谷部家の当主、義正《よしまさ》殿に似ているからだ。旦那さまは色が白いから、笑うと淡雪豆腐みてえだが、この弟さんは黒いから豆腐というより蒟蒻《こんにゃく》だ。

「まったく二十五にもなって、いつまでもふらふらと……嫡男ではないとはいえ、おまえも長谷部家の男子なのですよ。それを常にわきまえて……」

「母上、私は今年二十六です。母上はまだ五十七なのですから、耄碌《もうろく》なされるには少々早うございますな」

「私はまだ五十三です！」

おれたちが頭をかかえてしゃがみこむほどの雷だった。が、当の柾さまは、こっちが青くなるほど落ち着き払っている。

「これはご無礼仕《つかまつ》りました。おっと、この汚い格好ではさらに礼を失しますな。ひとまず湯屋で旅の垢を落としてくることにいたします。おまえたちも、ひとっ風呂つきあいなさい。では母上、後ほど」

「お待ちなさい、柾。まだ話が……これっ、その子たちは預かりもので……」

「はい、私が一刻ばかり、大事に預からせていただきます」

にっこり笑うと、柾さまはおれたちの手を引いて、さっさと勝手口を出てしまった。

「あの婆さまに太刀打ちできるなんて、お侍さん、すげえ肝っ玉だな」

ところてんの器を前に、勝平がしきりと感心する。驚いたことに柾さまは、長谷部家を出ると湯屋には向かわず、竪川《たてかわ》沿いにある甘味屋の暖簾《のれん》をくぐった。

「なに、母上とはつきあいが長いからな。雷よけもうまくなろうというものだ」

「けどよ、ご当主の旦那さまだって、婆さまにはさっぱり頭が上がらねえんだぜ」

「兄上は昔から出来が良かったからな。おれと違って、叱られることなぞ滅多になかった」

と、柾さまは笑い、今度はおれたちのことをたずねた。おれは食うのに忙しいもんだから、しゃべりは勝平に任せている。

「なるほど、母上と姉上のつくる稲荷鮨が、おまえたちの商い物というわけか。しかしあの母上が、そんな酔狂をはじめるとはな……そもそも母上とおまえたちは、どこで知り合ったんだ？」

「この先の三軒町《さんげんちよう》に、金貸しの婆さんがいてな」

お吟《ぎん》という、その婆さんから金を借り、おれたちは商売をはじめることができた。けど、強突張《ごうつくば》りで評判の金貸しを説き伏せてくれたのも、長谷部家に顔繋《つな》ぎしてくれたのも、お吟の孫の浅吉《あさきち》だ。

長谷部の婆さまと同じくらい、世話になった恩人なのに、浅吉はおれたちをかばったせいで、ふた月前に江戸を払われて郷里に帰った。いまは代わりに仲間のテンが、お吟の金貸し業を手伝っている。

勝平はそのあたりの仔細《しさい》は語らず、お吟との経緯《いきさつ》だけを披露して、きいた柾さまは吹きだした。

「では、おまえたちも長谷部の家も、同じ金貸しから金を借りていたというわけか」

こいつは傑作だ、と膝を打って笑う。

「お屋敷に出入りするようになってそろそろ一年経つけど、弟さんがいるなんて、ちっとも知らなかった」

「おれの名をきくと、母上が機嫌を損じるからな。嫁御の姉上も、口にしなかったんだろう。おれは根っから尻の定まらん男でな、母上の仰るとおり、ふらふら病なんだ」

二十歳になる前から旅暮らしをはじめ、時折こうして江戸へ舞い戻ってくる、と朗らかな調子で語った。

「旅暮らしって、路銀はどうしてんだ？」

「行く先々で畑や普請を手伝ったり、あとはいろいろ……お、そうだ、これも路銀の足しになる」

と、懐から矢立と紙をとり出して、さらさらと筆を動かした。

あっ、とおれと勝平は一緒に叫んでいた。

「この顔は……長治じゃねえか！」

胡麻がふたつに、大きな鼻の穴と出っ歯。たったそれだけで顔の枠さえ描かれてないのに、それは紛れもなく長治の顔だった。

「どうして長治を知ってるんだ？」

「さっきおまえが言っていた、そのとおりに描いたまでさ」

「お侍さんは、絵師なのか？」

「そんな大仰なものじゃない、ただの手慰みだ。それよりこの子の顔を、もっと詳しく教えてくれないか」

問われるままに勝平は、長治の顔のあれこれを具《つぶさ》にならべた。おれは最初のうち、さっぱり出てこなかったけれど、紙に浮かんだ線を目にすると、もう少し耳が大きいとか口許が曲がってるとか言えるようになった。

「こいつはすげえ、まんま長治にそっくりだ」

できあがった絵は、いまにも唇を開いて憎まれ口でも叩きそうに見えた。

柾さまは長治の顔を五枚、おれたちが稲荷を売り歩くときの組数と同じ数だけ描いてくれた。翌日その絵を皆にもたせ、商いに出られぬおれたちは、

「ふたりの疑いを晴らさぬことには、長谷部家の面目も保てませぬぞ」

柾さまが母上をうまく言いくるめ、長治探しを承知させた。

長治の面《つら》を手に走り出そうとするおれを、勝平が引き止めた。

「やみくもに当たっても埒《らち》があかねえ。そっちは商い組に任せて、おれたちは初手からはじめようぜ。気は進まねえが、まずはあそこからだ」

勝平はまずあやめ長屋に戻り、長治の家を訪ねた。おれたちの見張りと後見を買って出た柾さまも、あたりまえのようにつき従う。

「おまえたちが長治を探すだって？　嘘や方便なら、もう少しましなことをお言い！」

案の定、長治の母ちゃんは剣もほろろに怒鳴りつけた。

「いまさら善人ぶったって、所詮は小悪党だ。おまえたちのふり、、なんざ、お見通しだよ！」

「傍でぎゃあぎゃあ、わめくんじゃねえよ！　頭に響いてかなわねえだろ！」

かみさんの罵声《ばせい》を、さらに大きな訛声《だみごえ》がさえぎった。赤ら顔で奥からのっそり現れたのは、長治の父ちゃんだ。ゆんべの分がたっぷりからだに残っているらしく、むっとする酒臭さが鼻を突く。

「あたしの声が癇《かん》にさわるってんなら、とっとと稼ぎに行きゃあいいだろ！」

「亭主の加減が悪いってのに、その言いようはなんでぃ！」

「何が加減だい。ただの二日酔いじゃないか！」

おれたちそっちのけで、たちまち夫婦喧嘩がはじまった。

「親が毎度この有様じゃあ、家出したくなるのも無理はねえな」

勝平の物言いに、喚いていたふたりが、ぴたりと鳴りをひそめた。

「家出だって？　言うにこと欠いて、よくもそんなでたらめを……」

「呑んだくれの親父に、お袋は文句の言いどおしだ。おかげでこの家《や》は、晩になると滅法うるさい。おれが長治なら、家出のひとつも考えるさ」

夫婦は一時、互いの顔を見合わせた。

「……家出のはずはねえよ。だってよ、このところ長治は機嫌が良かったじゃねえか」

「ああ、そうさ。なにやら浮かれているみたいで……いいことでもあったのかい、ってきいたけど、にやにやするばかりでさ」

「てめえらと縁が切れると思ったら、笑いが止まらなかったんじゃねえのかい」

捨て台詞を吐いて勝平は、さっさと長治の家を後にした。

「勝平、あの言いようはあんまりだと……」

呼び止めようとする柾さまの袖を引き、おれはこそりと耳打ちした。

「勘弁してやってくれ。ちょいと焼き餅も入ってんだ。どんな親だって、子供を心配してくれるなら、おれたちにはうらやましい」

「……そうか」

「それに勝平は、弱い者いじめはしねえ。あれはたぶん、考えあってのことだ」

見当どおり勝平は、どぶ板をまたいだところでくるりとふり向いた。

「どうやら、家出の目はなさそうだな」

「それを確かめるために、あんなことを言ったのか」

「ああ、そうさ。けど家出仕度なら、親の目を窺ってこそこそするだろうから、とても浮かれてなぞいられねえはずだ。それにしても、ちょいと気になるな……」

勝平は腑《ふ》におちぬ顔をしながらも、次の家に足を向けた。どこへ行っても決してよい顔はされなかったが、差配さんがあらかじめ口を添えておいてくれたのと、後ろにお武家の柾さまが控えているもんで、それほどひどい扱いも受けなかった。

「些細なことでかまわぬから、長治のようすで気づいたことはないか？」

蒟蒻に切れ目をつけたような目で、柾さまがへらりと笑うと、かみさん連中はついうっかりといった調子で、そうだねえ……と思案をはじめ、思いついたことをあれこれと話してくれた。あいにくと、かみさんたちからは得るものはなかったが、子供のひとりから拾い物があった。

「長やんはこのところ、旨いもんの話をよくしていた」

「旨いもん？」

「あそこの団子はうめえとか、どこだかの餅はふかふかしてるとか、よく言っていた」

六つになるその女の子は、それより詳しいことは知らなかったが、この家には九つの兄貴がいた。いつもは長治と一緒におれたちを小馬鹿にしている野郎だが、こいつが耳よりな話をくれた。

「そういや、この半月ばかり、やたらとそんなことを言ってたな。なんだかつきあいも悪くってよ、四、五日に一遍くれえか、用があるってふっといなくなるんだ。一昨日もそんな調子だったから、気にもしてなくて……」

兄貴は急に口をつぐんだ。その顔を見て、勝平はすぐに察した。

「その話、隣町の親分や、大人たちには話してねえんだな？」

「……だって、長やんの行き先を知らねえかって、きかれただけだもの」

くしゃりと顔を歪めた。

「心配すんな、いまのことは誰にも漏らさねえ。だから思い出してくれねえか。その団子だか餅だかを、長治はどこで食べたと言っていた？」

心細げな面《つら》のまま、兄貴はしばし考え込んだ。

「覚えてるのは、ひとつだけだ。たしか……霊岸寺門前町《れいがんじもんぜんちょう》だ。椿餅《つばきもち》が旨かったって」

霊岸寺門前町は西と東に分かれており、椿餅が売りの茶店は寺の東にあった。

「ああ、この子なら覚えているよ」

痩せぎすの茶汲女《ちゃくみ》は、似顔絵を見せるとすぐに声をあげた。

「十日……は経ってないかもしれないねえ。妙な組み合わせだったから、気になってさ」

「妙って、何がだい？」

「一緒にいたのが身ぎれいな形《なり》したお武家の娘でね、どこぞの御殿女中といった風情だった。この子はどう見ても、その辺の裏長屋の倅《せがれ》だろ？　なにやらちぐはぐに思えてね」

その組み合わせは、たしかに妙だ。おれたちは顔を見合わせた。

「あそこに座ってね」

と、茶汲女は、往来に向かって並べられた縁台のいちばん隅を差し、

「半刻ばかりいたかねえ、そのあいだに男の子は五つも椿餅を平らげちまってね」

白い餅に、椿の葉の緑が鮮やかな菓子は、ひとつ四文《もん》だ。日頃は一文銭を握りしめ、駄菓子やところてんを買いに走るのがせいぜいの子供にしちゃ、たいそうな奢りようだ。

長治と武家の娘が来たのは、その一度きりだという。

「何を話していたか、きいちゃいねえかい？」

話の中身はわからぬが、餅の代わりを運んだときに耳にしたことを、ふたつばかり覚えていると女はこたえた。

「ひとつはね、子供のほうが言ったんだ。『まつおうまるさま』って。そうしたら娘さんの方があわてて、声をひそめるよう頼んでいたよ」

「まつおうまる……大名か高禄の旗本か、身分の高い武家の子息の名かもしれんな」

柾さまは口の中で呟いた。

「あとはその娘さんがね、妙なことを……じゃけぇとかなんとか」

「じゃけぇ？」

「『そうじゃけぇ』だったか、『ほうじゃけぇ』だったか……」

「そいつはおそらく、お国訛りだ」

と、柾さまが応じた。

「たしか安芸《あき》で……いや、備後《びんご》だったか……ともかくそのあたりの土地ではよく耳にする」

「じゃあ、その武家の娘ってのは、その辺の出ってことか」

「身なりからすると、おそらく生国から出てきて江戸屋敷に詰めている、お女中やもしれんな」

茶汲女がきいたのはそれだけで、お女中らしき娘の顔をたずねても、小づくりで目立つところがないとのことで似顔絵も作れそうになかったが、意外なことを覚えていた。

「女とは、面白いものだな」

茶店からの帰り道、柾さまが笑った。

「丸の中に、瓢簞《ひょうたん》がふたつならんでいたよ」

茶汲女が教えてくれたのは、武家の娘がさしていた平打簪《ひらうちかんざし》の形だった。

「ならび瓢《ひさご》は、その娘の家紋かもしれんな」

「長治の逢引相手を探す、手がかりになりそうかい？」

「そいつは砂浜で針を探すようなものだ」

　と、柾さまは一笑し、お国訛りや『まつおうまる』のほうが出目《でめ》がよかろうと言った。

「旅先で知り合った備後福山《ふくやま》の国侍が、今年から江戸で勤番をしているはずだ。あの辺りの大名や家老の子息に『まつおうまる』がいないか、たずねてみるとしよう」

　お大名だのご家老だの話がでかくなってきて、なにやら妙な気分だが、柾さまはすぐに福山藩の屋敷へ出向いてくれた。ご友人の勤番侍を探し出し、再び誼《よしみ》を交わすまでには二日待たされたが、その甲斐はあった。

「備中一万石大貫《おおぬき》藩が、先頃養子をとった。その名が松王丸《まつおうまる》だ。福山藩と大貫藩は隣り合うている上に姻戚の間柄でもあって、おかげで色々と面白いことがわかった」

　と、柾さまは、いたずらめいた顔になった。

「江戸にいる大貫藩のご嫡男が半年前から重い病にかかってな、他に男子がいないため、にわかに跡目話がもちあがった。実は内々で福山藩から養子をとる段取りがついていたそうだが、藩主はこれをひるがえし、さる家臣の家から十一歳の男の子を迎えた」

「それが松王丸ってわけかい？」

「そうだ。一部の家臣はこれに異を唱えたが、藩主は強引に推しすすめた上に、三月前、とうとう反松王丸一派の親玉を切腹に追い込み、十数人の家臣をお役御免とした。そこまで無理を通したのには理由《わけ》があるに違いないと……真意のほどはわからんが、殿様のお手つきとなった下女が産んだお子を、密かに家臣に育てさせていて、それが松王丸君ではないかともっぱらの噂になっているそうだ」

なにやら思案をはじめた勝平の代わりに、おれが口を開いた。

「実はおれたちも、仲間のひとりが当たりを引いたんだ。ただし当たったのは長治じゃあなく、こっちも松王丸だ」

ほう、と柾さまは、身を乗り出した。

きき込んだ話を互いにやりとりしていたから、他の連中も『まつおうまる』には気をつけていたようだ。おれと勝平はその日の昼間、仲間の話をたしかめに行った。

「馴染みの隠居に頼まれてな、朝釣りのために舟を出したんだ」

小名木川《おなぎがわ》沿いにある、船宿の船頭だった。

「隠居を迎えに行く途中の、まだまっ暗な時分だ。行く手のほうに、小さな灯りが見えた。輪を描くようにくるりくるりと回っていてな、すれ違う舟の合図だろうと見当をつけていたら、いきなり女の叫び声がしたんだ」

「その女が『まつおうまる』と、たしかにそう言ったんだな？」

「ああ、間違いねえよ。まつおうまるさまって、狂ったみたいに何度も叫んでいたからな。舟をそのまま進めてみたら、横十間川にさしかかった大島橋の上に人影があった」

「人影は、女だったんだな？」

「ああ、でもひとりじゃなかった。連中がさげていた提灯でぼんやり見えただけだが、たぶん三人。女がふたりと男がひとり、ありゃあお武家だな」

「提灯を回していたのは、そいつらだったのかな……」

「いんや、違えよ。灯りはもっと低いところにあったから、たぶん舟の上だ。おれが横十間川を北へ入ったときにふり返ると、南に遠ざかる灯りがあった。おそらくそれだろうよ。なにやらきな臭いように思えたが、お武家の揉め事なら番屋に届ける筋でもねえしな」

と、年寄の船頭は頭をかいた。よけいな厄介はごめんだと、顔に書いてあった。

「それがちょうど三日前、長治が消えた翌朝のことだ」

「いまの話からすると、その場に松王丸がいたことになる……辻褄《つじつま》が合わんな」

おれが話を終えると、柾さまが呟いた。

「松王丸君は、まだ江戸に入っていない。国許から江戸へ上る、道中の最中《さなか》だときいた」

「なんだって！」

仰天した勝平が、やがてこくこくとうなずいた。

「……そうか、そういうことか」

勝平の頭の中の木目込み細工は、ぴたりと嵌《は》まったようだった。

「猶予がねえ」と、勝平は、すぐさま柾さまとおれを急き立てて新大橋を渡った。

大川を越えた先、浜町河岸の両袖には武家屋敷がならんでいる。その一角に大貫藩中屋敷があるときき、勝平はまっすぐそちらへ走った。

「長治を連れていたお女中は、何度も深川に足を運んでた節がある。麻布と千駄ヶ谷にあるっていう上屋敷や下屋敷からじゃ、ちょいと遠すぎる」

中屋敷に辿りつくと、かねての打ち合わせどおり柾さまは物陰に身をひそめ、おれは勝平を従えて門番の男にこう言った。

「弟の長治が、こちらのお女中にたいそう世話になったそうで、ぜひ、ひと言お礼が言いたくて伺いました。ほれ、長治、おめえからもお願《ねげ》えしろ」

勝平の頭をつかみ、ぐいと下げさせた。

「こいつがぼんくらでお名前もきいてやせんが、瓢箪がふたつならんだ平打簪をさしていたそうなんで……お手数《てかず》ですが、お屋敷内《うち》にきいちゃもらえやせんか？」

途中で買った団子の包みをさし出して丁寧に頼むと、抱え中間らしき男は、渋り顔をしながらも引き受けてくれた。

「もしかすっと、もう逃げちまってるかもしれねえな」

門外で長く待たされて、勝平が苛々と呟いた。ありがたいことにその推量は外れ、やがて二十歳前くらいの娘が出てきた。茶汲女からきいたとおり目立つ顔立ちではないものの、思っていたよりずっときれいだ。お女中がこちらに近寄ると、いいにおいがした。

「石沢《いしざわ》末乃《すえの》と申します。あの、長治さんは……」

小さな顔は、青ざめている。表門から見えないところまで、冷たい白い手を引っ張ってゆくと、柾さまが姿を現した。

「あんたが長治を連れ出したのはわかってる。長治はいまどこにいる？　いい加減、返しちゃくれねえか」

名と仔細を明かし、勝平がそう切り出すと、相手はにわかにあわて出した。

「長治さんが戻っとらんて、そがぁなばかな！」

「おれたち同じ長屋にいるんだぜ、今朝も長治の家を覗いてきたけど、親父もお袋も塩をふったナメクジみてえだった」

「そんな……清十郎《せいじゅうろう》さま……なんで……」

「その清十郎とやらはひょっとして、松王丸君の養子縁組に異を唱え、三月前にお家を追われた家臣のひとりではないか？」

柾さまに詰め寄られ、お女中の唇がわなわなと震え出した。

「殿様への意趣返しに長治を使い、松王丸君のかどわかしをでっちあげたのではないのか？」

「清十郎さまではございません！　私じゃ……最初に考えついたのは私じゃけぇ。非はみんな私にありますけえ」

と、お女中は顔をおおって泣き出した。

「とにかく一刻を争う。おまえたちの隠れ家へ、案内《あない》してくれ」

柾さまになだめられ、ようやくお女中はこくりと首をふった。

大川端《おおかわばた》で舟を雇い、小名木川を東へと下るあいだに、日はとっぷりと暮れた。

「山室《やまむろ》清十郎さまは、私の許婚《いいなずけ》でした」

その頃には末乃さまも落ち着いて、お国訛りの目立たない武家言葉で語りはじめた。

「清十郎さまがあんなことになって縁談も壊れてしまいましたが、私は変わらずお慕い申し上げておりました。深川の長屋住まいとなった清十郎さまのもとを、たびたび訪れて」

「それで長治に会ったんだな」

「はい……最初に見かけたときは、驚きました。本当に松王丸君にそっくりで……」

「松王丸さまは、ご容姿には恵まれてなかったんだなあ」

余計な茶々を入れるなと言うように、柾さまが勝平の頭を小突く。

「松王丸君がお育ちになったのは、私が仕えております御中臈《おちゅうろう》さまのお実家《さと》です。ですから江戸詰めの者のうち、松王丸さまの顔を知っているのは私と御中臈だけなのです」

「なるほどな、それで解けた。では、大島橋の上にいたというのは……」

「はい、御中臈と私です。舟に乗せた長治さんを、御中臈は松王丸さまだとすっかりお信じになりました」

国許からの道中の途上で若君をさらい、馬で江戸へお連れした。金五百両とひき替えとするが、証しに一度若君を見せる――誘い文にはそう書いたという。大貫藩から江戸までは、二十日以上かかる。道半ばにある行列をたしかめようにも、行って戻るのには早馬でも八日は要る。たとえいたずらだとしても、藩を追われた連中の仕業やもしれぬし、とりあえず誘いに乗るより他はない。――よくできた筋書きだった。

「浪々の身となられてから、清十郎さまは変わられました。闊達なご気性だったのが塞ぎ込むようになり、毎日お酒ばかり召し上がって……なんとか立ち直っていただきたいと、その一心であんなことを……。申し訳ございません、女の浅知恵でした」

「それで身代金までせしめるたぁ、ずいぶんとかっとんだ話だな」

「お金なぞとんでもない、お家に一矢報いれば気も晴れようかと、ただそれだけでございます。身の代の受け渡し場所や日取りも入れましたが、赴くつもりなぞありませんでした。万一そのようなことをすれば、ご家来衆に捕まってしまいます。ほどなく松王丸君の無事も知らされるでしょうし、他愛のないいたずらとわかりましょう」

「長治の奴には、どう言ったんだい？」

「正直に申しました。このような企《たくら》み事に与《くみ》してくれるとは思っておりませんでしたが、長治さんはやさしいお子で、清十郎さまの身の上をあわれんでくださって」

おれの隣で勝平が、思いきり鼻白む。

「ひと晩くらいなら、家をあけても大丈夫と長治さんはそう言って、大島橋で顔見せをしたあの日のうちに無事に帰すよう、清十郎さまに頼んでおりました。それがどうしてこんなことに……」

五月の湿った川風が、末乃さまのほつれた髪を撫《な》でてゆく。

途中でおれが寄り道をした他は、何の邪魔も入らなかったから、横十間川に入る頃には末乃さまの話は終わっていた。それまで黙り込んでいた柾さまが、口を開いた。

「おそらく山室清十郎は、金をせしめるつもりだろう」

「そんな……まさか！」

「それより他に、長治を留めおく道理はなかろう。松王丸君を楯にすれば、家来衆も手出しはできぬからな」

「おれもそう思う。金の受け渡しは、いつにしたんだ？」

「明朝……日の出前……」

「長治の悪運もてえしたもんだ。おれたちがもう一日遅かったら、危ねえところだった」

勝平はそううそぶいて、安堵混じりの大きなため息をついた。

末乃さまの案内で、舟は横十間川を左に折れて、しばらく進むと止まった。ここいらは深川の東に広がる洲崎十万坪よりさらに東にあたり、田畑ばかりのことさら寂しい場所だ。

「清十郎さま、末乃でございます。清十郎さま」

末乃さまが声をかけたのは、雑木林の傍らにある荒れたお堂だった。辺りはすでに真っ暗闇で、柾さまが手にした提灯だけがぽつんと浮いている。やがて堂の扉が、湿った音をたてた。

「末乃か……ここへは来るなと言っておいたろう……そやつは誰だ？」

中背のすらりとした影が立った。月は雲間にあるようで、顔まではわからない。

「長谷部柾と申す。長治を迎えにきた者だ」

「清十郎さま、長治さんはまだこけぇおられるんですか？　すぐに返してあげてつかあさい」

「明朝、事が済んだらすぐに返す」

「清十郎さま！　へぇなら、やっぱり……！」

駆け寄ろうとしたかぼそいからだを、柾さまが押し留めた。柾さまはさっきから、一歩も動かない。代わりに侍が、灯りに引かれるようにゆっくりりと歩み寄った。

その隙に、おれと勝平が動いた。侍の後ろにまわり、するりと堂の内に身をすべり込ませる。柱にくくられていた長治は、おれたちを認めると力のない声を出した。

「おめえら……なんでここに……」

「仕方ねえだろ。てめえがあやめ長屋に戻らねえとな、おれたちが大迷惑するんだよ」

勝平が綱を切り立ち上がらせたが、長治はすぐにへなへなと尻をついた。

「この幾日か、飯もろくに食ってねえもんで」

「つたく、世話が焼けるな。おい、玄太」

心得たおれが背を向けてしゃがむと、長治は素直に肩に手をかけた。

お堂を出ると、半月が雲から顔を出していた。これが、災いした。

「待て！　その子は渡さんぞ！」

末乃さまが、一瞬おれたちを見てしまったのだ。柾さまが引きつけてくれていた山室清十郎が、はっとなってふり返り、一目散にこちらに向かって駆けてくる。

「玄太、行け！」

勝平は言いざま、猛然と侍に組みついた。小さなからだはあっという間に羽交い締めにされたが、それでもおれは止まらなかった。頭《かしら》が行けと命じたら、おれはそれに従うだけだ。勝平が誤った指図をしたことは、ただの一度もない。

「こやつと引替えだ。長治を渡せ」

侍が脇差を抜き、白刃を勝平の喉許にぴたりと当てた。

「清十郎さま、もう……もう、やめてつかあさい。お金なぞなくとも……」

「金は要る。三月のみじめな浪人暮らしで、それが身にしみてわかったわ」

「そんなに金が欲しくば、働けばよい。おまえが抱えている子供は、親も縁者もなく身ひとつで生きてきたんだ。己の力で、立派に商いを続けているんだ。子供にできることが、大人のおまえにできぬはずがなかろう」

柾さまと末乃さまが侍を説き伏せているあいだ、おれはじっと機を窺っていた。

「さっさと長治を渡して、ここを立ち去れ。さもなくば、こやつの腕を切り落とすぞ！」

激した侍が叫び、その拍子に刃先が勝平の喉をはなれた。

いまだ！

おれの吹いた指笛が、鋭く鳴った。高い音が辺りの木々にこだまして、たちまち堂の両脇から、石礫《いしつぶて》や泥のかたまりが侍の背中めがけて一斉にとんできた。

「うわっ！　な、なんだ！」

仲間うちの年嵩にあたる、四人の連中だった。おれが小名木川の途中で舟を降りたのは、繋ぎのためだ。あらかじめ待たせておいた皆を舟に乗せ、末乃さまが声をかける前に、勝平は四人を堂のまわりに配した。

たまらず侍が頭を覆い、勝平は難なく腕からすべり出た。

「おのれ、小僧、許さんぞ！」

何かに憑かれた悪鬼のような形相で、侍が勝平を追った。

そのとき初めて、柾さまが動いた。提灯が地面にころがり、右手に刀がひらめいた。

低いうめき声とともに、侍が手にしていた脇差が地に落ちた。右の小手の辺りから、血を噴いている。末乃さまが、あわてて駆け寄った。

「その手では二度と刀は持てん。侍なぞやめて、ふたりで江戸を出ろ。おれたちはこれ以上、深入りするつもりはない」

柾さまが言い放ち、刃先をたもとで拭った。

「すげえな、柾さま。兄上の旦那さまは、やっとうの腕はてんでへなちょこだぞ」

「おまえは本当に口が悪いな。母上に申し上げて、手綱を締めてもらうとするか」

柾さまが、へらりと笑う。

くわばらくわばら、と勝平は、早くも雷避けのまじないを唱えはじめた。

「悪かったな」

徒歩《かち》で長屋へと戻る途中で、背中の長治がぽつりと言った。

柾さまの手前もあってか、ぼそぼそと礼は口にしたものの、だからといってあやまるつもりはねえと意地を張ったばかりだった。勝平も別段恩に着せるふうもなく、さっさと行ってしまった。

「本当はおめえたちが、ちっとうらやましかったんだ。酒呑みの父ちゃんや、小うるせえ母ちゃんなんぞ、いねえほうがよほどましだ。毎日罵りあいばかりで、こいつらと一生縁が切れねえと思ったらげんなりだった。だから末乃さまといたあいだは、まるで夢みてえでよ。やさしくされて大事にされて、幸せってこんなもんかって、そう思った」

ずり落ちてきた長治のからだを、うんしょと支えなおした。

「そのいねえほうがましな父ちゃんは、酒をやめちまったぜ。母ちゃんは毎日、天神さまにお百度を踏みに行っている」

「本当か？」

こくりとうなずくと、おれの首の裏のあたりで、長治が小さく鼻をすすった。

勝平と仲間たちは、おれたちの少し先でふざけあっている。

「少しばかり厄介でも、親ってなありがてえもんだと、やっぱりおれはそう思うよ」

親のない連中の笑い声が、月の傾いた夜空に賑やかにひびいた。

猫神さま

両国橋の上で、柾さまがふり返った。

「すまないな、三治《さんじ》、せっかくの休みをふいにして」

そろそろ、出梅《つゆあけ》の時分だった。古びた桶からもれるような、しみったれた天気が続いていたが、今朝はその桶底が抜けたみたいなどしゃ降りで、稲荷売りは諦めた。

おれは傘の下からにこにこと、若いお侍を仰いだ。

「こっちこそ、礼を言いてぇくれえだ。こんな辛気くせぇ日に、婆さまの顔を一日中ながめるのはご免こうむる……っと」

あわてて口を押さえたが、遅かったようだ。さめた鶯色の着物の肩が、小刻みに上下した。

「そいつは、おれも同感だ。母上のあのしかつめ顔は、さわやかとは縁遠いからな」

柾さまは、さもおかしそうにくつくつと笑っているが、おれは小さく首をすくめた。

どうもおれは、考えなしにものを言っちまう癖がある。婆さまは柾さまの母上だし、なによりおれたちにとっては大恩人だ。いくら口うるさくて厳しくて、しょっちゅう雷を落とすとは言っても……おっと、いけねえ、まただ。

「息子のおれが、まず逃げ出したんだ。おまえたちも、さぞかし難儀だろう」

こちらの胸の内を読んだように、柾さまはへらりと笑った。日焼けた顔に、爪で弓形の目と口の跡をつけたような、このお侍の笑顔には人を引きつけるものがある。

「柾さまは、婆さまの小言もうまく避けちまうだろ。なにも長屋なんぞに越さずとも……」

「ここ数年の旅暮らしがたたってな、あの雷がことさら耳にさわるようだ」

長谷部柾さまは二十歳前から、かれこれ六年以上も旅暮らしをしていて、当主の兄上さまも婆さまも、このご次男の『ふらふら病』はとっくに諦めている。

糸の切れた凧のように、半月もせぬうちにまた草鞋をはくのが常だそうだが、今回はめずらしく、ひと月近くも深川のお屋敷に腰を据え、ついに五日前、おなじ深川は六間堀町にあるあやめ長屋へ越してしまった。

あやめ長屋には、おれたちの頭分、勝平がいて、おれはそれとは別の、小名木川を越えた海辺大工町《うみべだいくちょう》に仲間四人と住んでいた。

「おまえたちと一緒にいるのが、面白くてな」

柾さまの言い訳に、勝平だけは妙な顔をした。

「旅に出るのが病なら、そう楽に治るとは思えねえけどな」

勝平はおれと同じ今年十二だけど、すごく知恵がまわる。その勝平が言うなら、そうかもしれない。柾さまが江戸に居続けるのは、なにか理由《わけ》があるのかもしれない。

柾さまの新しい商売を助《す》けるよう、おれに命じたのも勝平だ。

「似顔絵描きでも、はじめようと思ってな」

子供の頃には絵師を目指していたとかで、たしかに筆一本でさらさらと、なかなか達者な腕前だ。長谷部の家は貧乏所帯だから無心もできず、さりとて長屋住まいをするにも、まずは先立つものがいる。

「それならいっそ、美人絵や役者絵なんぞを描いたほうがいいんじゃねえか？」

「その手の錦絵は大きな版元があって、高名な絵師がしのぎを削っている。おれなんぞが出る幕はない」

おれの案に、柾さまはそうこたえた。傍らで考え込んでいた勝平が、口を開いた。

「そうだな、大当たりとはいかずとも、似顔絵をほしがる客はいるかもしれねえ。たとえば遠くの身内に便りを送るとき、達者な姿を写してやれば、受けとったほうは嬉しいんじゃねえかな。それが子供なら、なおいい。出稼ぎや嫁入りやらで、はなれて暮らす子や孫の顔は、誰でも見たいはずだ」

おれたちは勝平の案にのり、さっそくあれこれと相談しあった。

「この商売なら浅草がいちばんだが、あの辺は縄張がうるせえからな」

茶屋や見世物小屋が立ちならぶ浅草は、何かと儲けが大きいから、やくざや香具師《やし》や商人《あきんど》が、利をめぐって入り組み、絡み合っている。たかが棒手振《ぼてふ》りの稲荷売りでさえ、商いをはじめた頃はいちゃもんをつけられた。

柾さまとおれは、新しい稼業のために、土地の親分に挨拶に出向くところだった。

「浅草は三治の持ち場だし、なによりこいつは身軽で口が達者なんだ。田原町の親分と好《よしみ》を通じることができたのも、こいつの気働きのおかげだ。きっと柾さまの役に立つ」

勝平はえらく持ち上げてくれたが、これには少しばかりからくりがある。

稲荷売りをしていて初《しょ》っ端《ぱな》に難癖をつけてきたのが、田原町の親分の手下だった。見ケ《みか》〆《じめ》がわりの稲荷鮨を手に、まめに親分宅に通ったのはたしかにおれだ。けれどなにより効き目があったのは、おれたちの来《こ》し方《かた》だった。

「お上にしょっぴかれた身なら、いわばおれたちの身内みてえなもんだ」

子分衆のひとりは、そう言った。

素っ堅気になったいまも、むかしの過ちはなにかと後をひく。婆さまの小言の多さは、それを払おうと躍起になっている証しだ。

「みんな、励んでいるのかな……」

朝方にくらべて、雨はだいぶ小降りになっていた。

風雨にたたられて商いに出られぬ日には、婆さまが読み書きを教えてくれる。今頃ちょうど、しゃんと背筋を伸ばした婆さまの前で、皆が筆やら算盤やらをつかっているのだろう。そう思うと、さっきは憎まれ口を叩いたくせに、急に長谷部の家へ帰りたくなった。

「そういえば、おまえは仲間うちで、いちばん読み書きが達者だそうだな。母上のもとへくる前から、読み書きができたのはおまえだけだと、母上がほめていた」

「そんな大層なもんじゃねえよ。在所の寺で、ちっとばかり教わっただけだ」

「在所というのはどこだ？」

ただの世間話のはずが、おれはぎくりとなった。平たい声で、上野《こうずけ》、とだけ返す。

「上野なら、おれも行ったことがある。もっとも、中山道《なかせんどう》を通っただけだがな。碓氷《うすい》峠はきつかったが、安中原市《あんなかはらいち》の杉並木は見事だった」

「あんなとこ、二度とご免だ」

思わず、口を突いていた。

懐かしそうな風情でいた柾さまが、ぎょっとしたように足をとめたが、いちばん驚いていたのはこのおれだ。勝平たちと知り合って、二年半にもなる。いまだに引きずっていたなんて、てめえの執念深さにぞっとした。

「すまん」

ぽつりと声をかけられて、いっそうたまらない気持ちになった。

「こっちこそ水をさしちまって……なに、たいした話じゃねんだ……」

と、言いながら、先が続かなかった。見つからない話の接《つ》ぎ穂《ほ》を懸命に探していると、
柾さまはおれの前にしゃがみ込んだ。

「もう、やめておけ。おれが悪かった」

常にかるく笑《え》んでいるようなこのお侍の、こんな真顔は初めて見た。

「おれにもあるんだ」

「え」

「人に言いたくないこと、思い出したくもないことが、おれにもある。だからおまえも、
口にしなくていい」

いいな、と頭を撫でられて、柄にもなく泣けそうになった。

はずみをつけるように小走りにかけて、雨音に紛らせて大きく鼻をすすった。

田原町の親分宅を出たときは、いったん小やみになった雨は、また強まっていた。どこ

かの庭先の紫陽花が、雨粒に押されてふらふらと揺れ、番傘をたたく音もうるさいほどだが、柾さまもおれも傘の下で上機嫌だった。

お武家の柾さまの手前、子分衆のあつかいはいつもより数段よかったし、浅草広小路の一角の、案外よい場所をもらうことができた。口達者を存分に生かし、しつこく粘った甲斐あって、見ヶ〆もこちらの算盤に見合うところで落着した。

両国橋をまた戻り、一ツ目の橋から竪川を渡った。

婆さまの手習所も終わった時分だから、勝平たちも長屋に戻っているだろう。柾さまを送りがてら、あやめ長屋に立ち寄ることにして、大川沿いの御舟蔵前の道を折れた。

「ちょいと、拝んでっていいかい？」

狭い路地の途中に、小さな稲荷社があった。まるでおき忘れられたような、ひっそりとしたお稲荷さんだが、商売柄もあって、ここを通る時にはかならず手を合わせている。

柾さまがうなずいて、目立たぬ鳥居を一緒にくぐった。

「うわっ！」

祠《ほこら》の前まできたときだった。思わず声をあげていた。

「どうした」

「……なんかいる。いまそこで、なんかうごいた」

鳥居の内には桜の木が一本だけあって、祠を守るように枝をさしかけている。おれはその陰を指さした。

「犬猫のたぐいじゃないのか？　まさか、お狐さまではあるまいな」

「いや、もっとでかかった」

こわごわ覗いて、またびっくりした。

「これはまた、かわいらしい狐だな」

柾さまは、にっこり笑ってかがみ込んだ。

そこにいたのは、おれと同じ年格好の女の子だった。


「じゃあ、おめえは、盗みの疑いをかけられて、奉公先の繭玉《まゆだま》問屋をとび出しちまったというわけか？」

勝平にたずねられ、おのぶと名乗った娘はこくりとうなずいた。背もおれと変わらぬ上に華奢《きゃしゃ》だから、同い年くらいと思っていたら、おのぶはふたつ上の十四だった。

稲荷社で会ったとき、歳と名前はすぐに口にしたものの、そこから先をたずねると屈託《くったく》ありげに下を向いた。長いこと雨に打たれていたらしく、着物も髪も濡れそぼり、ががたと震えていた。

ひとまず近所の湯屋まで引っ張ってゆき、それから海辺大工町へと走った。おれのいる長屋には、女の子ではいちばん年嵩にあたる登美《とみ》がいる。わけを話すと、登美は手早く着替えを整え、湯屋の中にいるおのぶに渡してくれた。あやめ長屋で飯を食わせ、ようやくひと心地ついたときには、日はすっかり暮れていた。

「日本橋岩倉町の安曇《あずみ》屋という繭玉問屋で、奉公にあがったのはふた月前です」

おれと勝平が根気よくたずねたが、奉公先をきき出すだけで半刻ばかりもかかった。安曇屋を出たのは今朝方で、この雨の中、右も左もわからぬ江戸をさまよった揚句、大川を越えてあの稲荷社に辿りついたようだ。

「で、いったい、何がなくなったんだ?」

「猫神さまです」

「ねこがみさま?」

おれと勝平は一緒に声をあげた。傍らで腕を組んでいる柾さまを見やったが、知らぬというように小さく首をふる。勝平のとこは小さい連中がうるさいから、おれたち四人は、あいだに二軒はさんだ柾さまの家にいた。

「猫神さまは、蚕を食べる鼠を退治するという神さまで、あたしの村では、お寺の裏や道端なんぞに石でできた猫神さまが置かれています。あの辺りはみんなお蚕を飼っていて、鼠は大敵なんです」

おのぶの在所は信濃《しなの》だった。昔から蚕飼《こがい》のさかんな土地らしく、奉公先の安曇屋もやはりおなじ信濃の出で、何代か前に江戸に出店を開いたという。猫神さまは、おのぶにとっても安曇屋にとっても、馴染みの神さまのようだ。

「安曇屋の奥座敷の神棚には、江戸の名高い彫師に作らせた木彫の猫神さまがありました。それが半月ほど前に消えたんです。皆で家中を探したのに、どこにもなくて……」

「それで新参のおめえに、まずは疑いがかかったというわけか。たったそれだけで濡れ衣を着せるなんざ、ずいぶんと乱暴な話だな」

鼻息を荒げる勝平の傍らで、おのぶは屈託ありげに肩をすぼめてうつむいた。

「おのぶ？」

顔をのぞき込むと、娘は辛そうに眉根を寄せていた。

「ひょっとして、他になにかあるのか？　店がおめえを疑うわけが」

勝平の問いに、おのぶはぎゅっと膝前を握りしめ、無闇にかぶりをふった。

「おれたちになら、なにを言ってもかまわねえぞ。おめえがたとえ泥棒だときいても、別に驚きゃしね……」

「あたしは、泥棒なんかじゃない！」

おのぶが鋭く叫び、そのまま畳につっ伏して大声で泣き出した。

まったくおれの口は、どうしようもない。女の子を泣かせるなんて、始末の悪いにもほどがある。どこぞの隠居の入れ歯みてえに口ごと外して、もっと締まりのいいものにすげ替えられりゃどんなにいいか。何度あやまっても、おのぶはどうしても顔を上げず、おれの方が泣きたくなった。

「……たし……じゃない……どろぼ……は……おとっつぁん……」

はっとなり、伏したおのぶの頭越しに、三人で顔を見合わせた。

おれにしてはめずらしく長いこと考えて、それから口を開いた。

「おれもだよ、おのぶ。おれも……咎人の子だ」

しゃくりあげていたおのぶが、ぴたりと鳴りをひそめ、柾さまの目許がかすかに動いた。

頭を上げたおのぶは、涙でべとべとの顔をおれに据えた。

「おめえのほうが、なんぼかましだ。おれなんざ、人殺しの倅だもの」

おれの親父は諍《いさか》いのあげく人を傷つけ、その怪我がもとで相手は寝たきりになった。

親父は牢の中で死に、お袋はまわりの目に耐えかねたものか、山ひとつ越えた寺におれを預けて居なくなった。その寺の和尚は、他にも身寄りのない子供を世話していて、読み書きを習ったのもその頃だ。八つになるまで何も知らずにいたおれに、わざわざ注進に来たのは近所の悪童《わるガキ》だった。そいつの蛙みてえな面《つら》が、いやあな具合にひん曲がっていたのを、いまでもはっきり覚えている。

「おめえの親父、人を殺したんだってな」

親父が怪我をさせた男が、五年も経ってから死んだのだ。蒸し返された親父の噂が山ひとつ越えるのは、雨雲よりも足がはやかった。

それからは村を歩くたび、囃《はや》したてられ石を投げられ、おれも負けじと存分に荒れた。和尚がおれを、江戸にいる坊主仲間に託そうと決めたのは、蛙面の奴に傷を負わせたときだ。言っておくが、おれは肩を押しただけで、そいつが勝手に土手をころがり落ちたんだ。たいした怪我じゃなかったが、おれがちっとも悔いてないのを和尚はひどく案じた。

「寺男の爺さんに連れられて江戸に来てみれば、肝心の坊主は女犯《にょぼん》の罪でしょっぴかれた後でよ」

「あの話は、笑えたな」と、脇で勝平がにやにやする。

おれがかいつまんで話をするあいだ、おのぶは目をまん丸にして、じいっとこちらを見詰めていた。

上野に帰るという爺さんのもとを逃げ出して、半年のあいだ荷運びの手伝いなんぞをしたけれど、人足に上前をはねられて一銭ももらえなかった。すっかりくさっていたときに、勝平たちと知り会って仲間になった。

たとえ道端でくたばろうとも、上野にだけは帰りたくなかったんだ。

「あたしのおとっつぁんは、在所の庄屋さん家《ち》に雇われていたの」

おれが話を終えた頃、おのぶはすっかり落ちついていて、まるで後を引きとるようにごくあたりまえに話しはじめた。

「去年の冬、末の弟が風邪をこじらせて、おとっつぁんは庄屋さんに薬代を無心したの」

女ばかりが六人もつづき、おのぶはその二番目だった。ようやく授かった男の子を、死なせたくない一心だったんだろう。

「けれど庄屋さんは大変なけちんぼで、耳を貸してくれなかった」

だいぶ気がほぐれたようで、古い馴染みにきかせるようなくだけた調子になっていた。ただ、話すあいだじゅう、おのぶはおれの方ばかり見てるもんだから、なにやら照れくさくて仕方がなかった。

「思いあまっておとっつぁんは、庄屋さんのお金に手をつけて……」

親父さんはあっさり捕まり、弟も正月を待たずに亡くなった。一家は散り散りになったものの、その折に安曇屋の手代が声をかけてくれたという。

「手代頭の仁助《じんすけ》さんは、繭玉の買いつけに来るたびに庄屋さん家に泊まっていて、あたしの家はその裏手にあったから、よく顔を合わせていたの」

「じゃあ、その手代頭は、おのぶの気性を買って、安曇屋に世話する気になったんだな」

おのぶの顔が初めてほころび、けれどすぐに途切れた。

「こんなことになっちまって、仁助さんにも合わす顔がない……」

それまでずっと、おれたちに舵棒《かじぼう》を預けていた柾さまが口を開いた。

「おのぶ、おれが明日、一緒に行ってやるから、安曇屋に戻ってみないか?」

おのぶは返事をせずに、おれをじっと見た。その悲しそうな目が、拾ってくれと訴える道端の犬猫のようで、額に妙な汗がふき出した。またもや、思案より先に口がうごく。

「やっぱり、猫神さまを……」

「猫神さまを?」

「ええっと、猫神さまを……見つけ出すのが先じゃねえかと……」

「……どうやって?」

それがわかれば、苦労はしねえ。おのぶの目に射すくめられて進退きわまったところに、助け舟を出してくれたのは勝平だった。

「おれに、考えがある。柾さまが言ったように、ひとまずおのぶは安曇屋に帰れ。それでな、柾さまから安曇屋の主人に言ってほしいんだが……」

少し前から勝平が黙りこくっていたのは、どうやら策を練っていたようだ。

おのぶの気がようやくそちらに逸れて、おれはどうっとため息をついた。

「このたびは、ご造作をおかけしまして」

歳のころ、三十半ばの存外若い旦那は、柾さまにうやうやしく頭を下げたが、傍らにいたおれには怪訝な目を向けた。

「これは当家に縁のある者でな、おのぶを見つけて介抱した」と、柾さまが口を添えてくれた。

翌朝になって、柾さまに加え、おれも安曇屋に同行する羽目になったのは、おのぶがどうしてもと言ってきかなかったからだ。

「三治も、隅におけないな」

柾さまは楽しそうに茶化したが、おれはちょっと困っていた。仲間うちにも女の子はいるが、いまだに男言葉の抜けぬ登美を筆頭に、たくましい連中ばかりだ。おのぶのような頼りなげな娘は、どう扱っていいものやらわからない。ここへ来るまでもおのぶの足は幾度も止まり、大川を越えてから先は、おれがずうっと手を引いてやる始末になった。

だが、主人夫婦の前に出ると、おのぶは黙って店をとび出したことをていねいに詫びた。

「あの子は行儀も言葉遣いも、しつけができている。仁助が推すだけあって、父親のことさえなかったら、女中として不足のない娘なのですが」

心細げにこちらをふり返りながら、内儀に連れられておのぶが出ていくと、旦那はそっとため息をついた。

「あの娘は知らぬと申しておるし、猫神さまが大事なものだとよくわきまえてもいる。おのぶひとりに罪を着せるのは、いささか無体に過ぎると思えるが」

おれたちの前では決して使わぬ、武張《ぶば》った物言いだった。相手に理詰めでせまる柾さまは、いつもより数段立派に見える。旦那はあわてて弁解めいた口調になった。

「それはあたくしどもも、重々承知しております。証しもないのに滅多なことを言うものではないと諌めたのですが、使用人たちの中に口さがないことを申した者がいるようで」

店の者は皆、おのぶの父親のことを知っていた。手代頭は雇い入れを乞うたとき、主人にだけ打ち明けたそうだが、おのぶの在所には若い手代たちも繭玉の買いつけに訪れていて、おそらくそのあたりから漏れたのだろうと、旦那は言った。

「猫神さまがなくなってから、妙なことが続くものですから、使用人たちも浮き足立っておりまして」

「妙なこととは？」

「まず、猫が居つかなくなりました」

「猫神さまだけではなく、本物の猫もおったのか」

ほう、と柾さまは、面白そうな顔をした。

「あたくしどもの商いには、鼠をとるための猫は欠かせません。十年近く飼っていた猫が二十日ほど前に死にまして、すぐに新しい猫を人から譲ってもらったのですが……」

その猫は、猫神さまが消えた翌日、店から姿を消したという。

「いくら待っても帰ってきませんので、わけを話して同じ家から、別の一匹をもらい受けたのですが、やはりすぐに居なくなりました」

「それはまた、奇妙な……」

「はい。おまけにどうも、屋内《やない》に鼠の気配がありまして。台所の野菜がかじられていたりしたもので、女中たちが騒ぎ出したのです。さらに七つになる息子が二度も続けて熱を出し、いよいよ猫神さまの祟りに違いないと……」

ふうむ、と柾さまが唸った。こうまで重なれば、祟りと恐れるのも無理はない。

もっとも、倅の七之助《しちのすけ》さまは生まれつきからだが弱く、奥で寝たり起きたりの暮らしぶりだそうだが、ここしばらくはひどく顔色がよく食も進んでいたところ、猫神さまが消えたとたん一転したものだから、内儀もえらく気を揉んだようだ。

「なるほど、それで咎人探しに躍起になって、揚句におのぶに矛先が向いたというわけか」

旦那はいささか申し訳なさそうに、肩をつぼめた。

「実はな、安曇屋、おれはこう見えて失せもの探しが得手でな。この前も行方知れずになった子供を探しあてた」

「まことでございますか！」

よほど困っていたのだろう。主人の食いつきようは、こちらの目論見を上回っていた。

「お武家さま、ぜひ、猫神さまをお探しいただけませんか」

「よかろう、明日、助っ人をふたり連れて出直してまいる」

「助っ人と申しますと？」

「この三治と、もうひとり、やはり十二になる男の子だ」

ここで初めて、主人はうさんくさげな顔をした。

「……そのう、お礼はもちろんさせていただきますが、だいたいいかほどかと」

どうやら強請《ゆすり》、集《たか》りに等しい、金目当てのいかがわしい連中と見られたようだ。まあ、それも仕方のない話だ。

「金は要らぬ。そのかわり、この子から頼みがある」

旦那はますます顔を曇らせたが、おれは手筈と違うなりゆきに、お侍を仰いだ。今日のおれはおのぶの付添いで、口上はすべて柾さまに託されている。

「三治、おまえから言いなさい」

柾さまに重ねられ、おれも腹をくくって旦那に目を据えた。

「もしも猫神さまが見つかったら、おのぶはこの先もここへ置いていただけやすよね？」

主人は口をあけ、目をぱちぱちとしばたたかせた。

「そりゃ、まあ、あの娘に非がなければ……」

「だったら、そのときは、おのぶにあやまってくだせえ」

つい、声高な調子になった。主はあいていた口を閉じ、困ったふうに眉尻を下げた。

「そして、二度とおのぶの父親の話は出さないと、誓ってもらえやせんか。旦那さんからきつく達して、雇い人らにも二度と悪口なんぞ言わせねえと、約束してもらいてえんで」

安曇屋の旦那は、しばしじっとおれをながめ、神妙な顔で承知した。

「おれと三治は、あらためて家探しだ。柾さまには使用人なぞから話を拾ってもらいてえ」

翌日、柾さまはおれたちを伴って安曇屋に出向いたが、裏で采配をふるうのは勝平だった。柾さまはうなずいて、ひとまずおれたちと別れた。

「天井裏から床下まで、それこそ舐めるように探したんだけどねえ」

案内につけられた古参の女中は、家中を引っ張りまわされながらため息をついた。

安曇屋の猫神さまがどういうものかたずねてみると、短い枕のような胴に大きな丸い顔がついており、子供の頭くらいの大きさだという。

「鼠がかじった野菜ってのは、ありますかい？」

台所につくと、勝平がたずねた。

「歯形のあったところは切り落として捨てちまったけど、まだ屑箱にあるかもしれない」

いったん外に出た台所女中は、間もなくしなびた大根の切れ端をもってきた。

「たしかにこいつは、鼠みてえだ……けど、妙に小せえな」

大根屑を手に勝平が首をひねる。少し思案して、今度は床と壁の境を這《は》いずりまわった。

「鼠が動きまわるのは夜だろ？　いまはいねえと思うけどな」

「まあな、でも足跡くらいはあるかもしれねえ」

鼠が足跡なんてつけるかね、と混ぜっかえした女中に、おれはずっと不思議に思っていたことをきいてみた。

「鼠がそれほど怖いなら、どうして石見銀山《いわみ》鼠取りを使わねえんです？」

「三つになるお嬢さんがね、なんでも口に入れちまうんだよ。上の坊ちゃんと違って、とにかくよく走りまわるもんで、子守もしょっちゅう見失っちまう。危なっかしくて石見銀山なぞ置けやしないよ」

「お、あった！」

女中の尻の後ろで、竈《かまど》の後ろを確かめていた勝平が声をあげた。

指の先には、黒いべたべたしたものがこびりついている。

「この台所では、よく油を使うんですかい？」

「ああ、旦那さまはてんぷらが好物でね、よくお膳にのせるんだ」

勝平の指にあるのは、どうやら壁についていた油のかたまりのようだ。

「鼠の足跡が、あったのか？」

「いや、もっといいもんがついていた。ほら、見ろよ」

目をこらすと、黒い粘りの中に白い毛が数本ついていた。

念のため、この家にいたという猫の色を確かめてみたが、白毛は一匹も居なかった。

「こいつは猫の毛にしちゃ短すぎる。おそらく鼠のもんだろう」

「安曇屋に居ついているのが、白鼠だってのか？」

鼠なら長屋やどぶでいくらでも見かけるが、灰や茶なぞ小汚い色をしたものばかりだ。

「ところがな、こいつは白い毛と一緒に黒いのも混じってんだ」

黒い油のせいでまるでわからなかったが、勝平が指先を日にかざすと、白い毛の横に、たしかに黒く光る筋があった。ああ、と、思わず声が出た。

「そうか、白黒まだらの方か」

白い地に首まわりや尻尾のあたりだけが黒いやつは、二十日鼠の変わり種だ。大人しい気質《たち》で、飼い鼠として人気が高い。

「おそらく、どこかの飼い鼠が迷い込んできたんだろう」

へえ、と感心しながらも、消えた猫神さまとどう関わるのかとたずねると、おれにもわからねえ、と勝平はにやりとした。

「ここで仕舞だよ」

そろそろ疲れてきたらしい女中は、いちばん奥まった座敷の前に重そうに膝をついた。

「坊ちゃん、よろしいですか？　今朝も申しましたとおり、お部屋をあらためさせていただきますよ」

中からか細い声が、おはいりと命じた。

「ままあ、この暑いのに閉めきって」

女中が障子をあけると、座敷にこもった熱気とともに、薬くさいにおいが鼻をおおった。真ん中に大きな蚊帳《かや》が吊られ、座敷の主はその中にいるようだ。目をこらすと、薄手の夜着《よぎ》を頭からかぶった小さなかたまりが見えた。

「まあ、七之助坊ちゃん、いくらなんでもお暑うございましょう」

今日も相変わらずの曇天で、着物が肌に張りつくほどの蒸し暑さだが、この座敷はさらに輪をかけて息苦しい。風を入れようと、女中が蚊帳に手をかけたが、

「坊はすごく寒いんだ。余計なことをしないでくれ」

と、小さな主はすぐさまあらがった。

「また、お熱が上がりましたか？　いま、薬を……いえ、お医者さまをお呼びしますから」

「お医者も薬もいらない。いいから、さっさと済ませて出てっとくれ」

内儀に知らせに行ったのだろう、女中はあたふたと座敷を出ていった。

勝平はまるで気にするふうもなく、さっさと仕事にとりかかった。箪笥と、床の間脇の違い棚より他は、たいして探すところもなかったが、床の間の前で勝平がおれを呼んだ。覗いているのは、鉄でできた大きな茶釜だった。左手にふたをもち、無言で釜の中をし

めす。中はからっぽだったが、顔を近づけると、ぷん、と嫌なにおいがする。顔をしかめて、これがなんだよ、と目だけで問うた。勝平はにやりと笑い、釜の底から何かをつまみあげた。

あっ、と声が出た。勝平がつまんでいたのは、さっき台所の油にひっついていたのとまったく同じ、白と黒の短い毛だった。

「おまえたち、猫神さまを探しにきたんだろ。ここにはないぞ」

声にふり向くと、蚊帳の中に、薄物の下からのぞく小さな頭が見えた。

「坊ちゃんに、ちょいときいてえことが……」

おれが近づくと、相手はつつかれた亀のように、またたく間に首をひっこめた。

重ねてたずねようとするおれを、勝平が目で止めて、そして言った。

「たしかに、ここには猫神さまは居ないようだ。坊ちゃん、知りやせんか？」

「……知らないよ」

「ふうん……そういや、猫神さまのあった神棚は、この隣の座敷だっけ」

「……あんな高いところにあるもの、坊に届くわけないだろ」

「そりゃ、たしかに、違ぇねえ」

勝平はおかしそうに声をたてて笑うと、

「おめえ、猫は嫌いか？」

ぞんざいな口ぶりになった。相手はそのことは咎めずに、小さく返事をした。

「……別に嫌いじゃないけど……けど、この前死んだトラは、もうお爺さんだったから、かまっても面白くなかった」

そうか、とつぶやいて勝平は、邪魔したな、とそのまま座敷を後にした。

「いいのか、勝平」

「何がだ？」

「あの坊ちゃん、怪しいと思わねえか？」

「ああ、存分に怪しい。それに七つにしちゃ、なかなかの知恵者だ」

もう一度、くくっと笑う。猫神さまは近いうちに必ず戻る。勝平は、柾さまを通して安曇屋にそう告げて、店を辞した。

「お武家さま、それは何かの喩《たとえ》でしょうか？」

勝平の懐に納まっているものと、おれが手にした籠の中身に、旦那がぽかんとする。

二日経って、おれたちはもう一度、安曇屋へ足を運んだ。主の相手は柾さまに任せ、おれと勝平はまっすぐ病がちな倅のもとへ向かった。

縁からそうっと忍び寄り、今日はあけ放された障子の陰で、携えていた籠のふたをあけた。座敷に向かって中身を放すと、そいつはちょろりと走り出て、小さな鳴き声をあげた。

「あっ、チュウ太！」

子供の大きな声がして、おれと勝平はにんまりと笑い合った。

「チュウ太、チュウ太、おまえ、どこに行ってたんだ。ずうっと案じていた……」

はずんだ調子がふいに途切れ、やがてがっかりしたような声がきこえた。

「……違う……チュウ太じゃない……」

「やっぱり、ばれちまったか」

勝平が縁から頭を出して苦笑いする。座敷に踏み込んできたおれたちを、相手はぎゅっとにらみつけたが、手には大事そうに白黒まだらの鼠をのせている。

「まだら鼠の黒いもようは、どれも似ているようで同じものはねえときいた。おめえが飼ってたチュウ太は、どんなだった？」

「……首のまわりの太い輪は同じだけど、おしりの辺りに小さな黒いぶちがふたつあった」

大人びた軽いため息をついてから、観念したように倅はこたえた。小さな青白い顔に、目ばかり妙に大きくうつる、癇の強そうな子供だった。

「おまえたちは猫神さまを探していたんだろう？　なんでこんなことするんだよ」

「そりゃあ、猫神さまに出てきてもらうためさ」

勝平の合図で、おれは床の間へずいと近づいた。

「あっ、だめだ！」

子供があわてて叫んだが、おれはかまわず茶釜のふたをとった。釜にすっぽり納まった猫神さまの丸い顔が、おれを見上げていた。

「勝平の思案どおりだ」

ほら、と茶釜から引き出した猫神さまを両手でかかげる。丸い頭から丸い耳がふたつ突き出し、その片方が子供がひと口かじったように、半分ほど欠けていた。

「あれは、チュウ太がかじったんだな？」

いっそう青ざめていた顔がふいに歪み、倅は大きくしゃくりあげた。

「チュウ太はひと月前に、この庭先に迷い込んできたんだ」

泣きながら、つっかえつっかえ語られた話は、ほとんど勝平の見込みどおりだった。

この家じゃ鼠は大敵だ。だから倅は茶釜の中でこっそり飼うことにした。白黒鼠の糞尿は存外においがひどいそうだが、座敷にただよう薬くささで大人も気づかなかったんだ。

「でも、ある日、釜から出して遊んでいるときにチュウ太が逃げて……」

「探してみたら、隣座敷の神棚で、猫神さまをかじっていたというわけか」

倅はあわてて庭から竹竿をもってきて鼠を払った。その拍子に木像は神棚から落ち、おまけに、猫神さまはチュウ太には相当おいしかったらしく、耳は半分なくなっていた。

「大事な猫神さまをこんなにしちまって……坊が叱られるのはいいけれど、見つかったらきっと、チュウ太が殺されちまう……そう思って……」

「だから猫神さまを隠したのか。それにしてもうまい手を考えたな。皆が家探しをしているあいだは蚊帳の中でてめえで抱え込んで、あとは茶釜に入れておくなんてな」

いったん探した茶釜の中は、隠し場所にはうってつけだ。この前おれたちが来たときも、同じ手を使ったのだ。

「新しくきた二匹の猫を、追い払ったのもおめえだよな？」

ようやく一段落していた涙が、また吹き出した。倅がなにより案じたのは、それきりどこかへいなくなったチュウ太のことだった。石を投げたり水をぶっかけたり、チュウ太を守りたい一心で、猫たちにはひどいことをした、と泣きながら白状した。この家に来てまもない猫たちは、さっさと逃げ出したのだろう。熱を出したのも、そのためだ。大人の目を盗みながら、せっせと猫を追いまわすのは、ひ弱な子供には大仕事だったろう。

「いまの話、旦那とおかみさんの前で話せるかい？」

涙を拭ってやりながら、おれはたずねた。倅は鼻をすすりあげ、黙ってうつむいている。

「坊ちゃんが名乗り出てくれねえと、おのぶって新参女中の疑いが晴れねえんだ」

え、と小さな頭が、はじかれたようにおれを仰いだ。子供にきかせる話じゃねえから、この坊ちゃんは何も知らなかったようだ。大きな目が、うろうろとさ迷い出した。

「難儀な思いをしたおのぶのために、親父さんとお袋さんに詫びを入れてくれねえか？」

ややあって、こっくりとうなずいた青白い顔は、なかなか凜々しく見えた。

「よし、それならおめえに、ふたつばかり褒美をやろう」

勝平は、山猫みたいな顔を、にかりとほころばせた。

「まず、鼠を生け捕りにするための罠を、家中に仕掛けてもらおう。もし、まだ安曇屋《ここ》にいるなら、チュウ太も早晩見つかるさ」

ほんと、と子供の顔が輝いたが、すぐに悲しそうに眉を下げた。

「でも、そのあとチュウ太は……」

「殺さないよう、旦那さんに頼んでやるよ」

「……やっぱり、ここで飼うのは無理かな……」

「まあな、繭玉問屋の跡取り息子が、鼠を飼うのはまずいだろうな」

小さな両手でつくった囲いの中には、いまだに大事そうに白黒ねずみを抱えている。子供は切なそうに、その背をそっと撫でた。

内儀はなにかと忙《せわ》しい身だし、子守女は幼い妹にかかりきりだ。この坊ちゃんは病がちだが、その分大人しく、加減が悪いときより他は面倒をかけない子供だという。たったひとりでこの座敷に寝起きして、ずいぶんと寂しい思いをしていたに違いない。

「そのかわり、いいものをもってきた」

勝平の目配せで、おれは鼠を戻してくれるよう頼んだ。こいつは稲荷売りの客からの借り物なのだ。名残惜しそうにしながらも、倅は素直に籠に鼠をいれた。

「新しい遊び相手は、こいつで我慢してくれねえか？」

勝平が懐からとり出したものを、子供は大喜びで受けとった。それは白地に灰色のぶちのはいった子猫だった。たっぷりと乳を飲ませてあったから、勝平の懐でいままでよく眠っていたのだ。子猫は眠そうな目をあけて、せまい顔いっぱいにあくびをした。

「これ、坊が飼ってもいいの？」

「ああ、ちゃんと世話してやってくれ」

この家にもらわれてくる猫は、鼠取りのうまい大人の猫ばかりだった。それはまた別に、もらい受ければいいだろう。

勝平がこの前、倅を見逃したのには理由《わけ》がある。勝平は、子供に弱い。てめえのことは棚上げにして、困っている小さなものはみんな、己が守るべき子供だと思っている。勝平は、おのぶと同じくらい、この子のことも気にかけていた。

だからふた親の前できちんと頭を下げた、その心意気に免じて、安曇屋に秘策を与えた。

『猫神さまは半月ばかりのあいだ、安曇屋の内で鼠退治に奔走していた』

翌日、おのぶをはじめとする使用人たちの前に、耳をかじられ、さらに蜘蛛の巣をたっぷりと巻きつけた猫神さまが披露された。おのぶはともかく、年嵩の使用人たちがどこまで本気にしたかはわからないが、少なくともおのぶの疑いは晴れた。

「皆の前で旦那さんは、あたしに詫びて下すったのよ。かえって申し訳ないようで、こちらのほうがあわてちまったわ」

登美の着物を、立派な菓子折りと一緒に返しにきて、おのぶが言った。

耳欠けの猫神さまは、安曇屋の家宝として、いっそう大事に祀られることだろう。

「あたしね、おとっつぁんの罪はこの先一生、あたしの背中にぺったりと張りついちまうって思ってた。でも、三治さんと会って、それとあたしは別物だってわかったの。三治さんには親の咎の影なんて、微塵もないもの」

相手を助けたつもりで、救ってもらったのはおれのほうかもしれない。

さんなんて呼ばれたのも初めてで、とにかくこそばゆくってならなかった。

「たいがいの女ってのは、ああも面倒くさいものかな」

おのぶを見送ると、おれは傍らの登美に言った。

「三治、おまえ、顔が赤いぞ」

常のとおりの素っ気なさで返し、登美はさっさと菓子折りを開きにかかった。


暦はあてにならず、出梅が過ぎても、治りの悪い風邪のような空もようが続いた。

久方ぶりにお天道さまが顔を出したその日、待ってましたとばかりにおれたちは、柾さまの商売の店開きにかかった。十枚ほどの似顔絵を竹竿にはさんでならべ、あとは折りたたみのきく旅用の腰掛けをふたつ置くだけだから、たいした手間もかからない。

いつも一緒に稲荷売りにまわる、六つのシゲとかしましくやっていたら、

「それは、違う！」

突然、柾さまの声がとんだ。びっくりしたシゲが、絵をかかげたまま固まっている。

柾さまはおれたちや長屋連中を相手に、客寄せのための似顔絵を描きためていた。

だが、シゲが手にしているのは、見たこともないきれいな女の顔だった。

――ひょっとして、柾さまのいい人かい？

口を突きそうになった軽口を、既《すんで》のところで呑み込んだ。

柾さまはまるで、つま先をきゅっと踏まれたような顔をしていた。

「すまないな、シゲ、やっぱりそれも飾ってくれるか」

やがて、不安げな面持ちでいたシゲを抱き上げて、竿のてっぺんにその絵をかけさせた。

素知らぬふりでいたおれに、柾さまが顔を向けた。

「この女は、おれの仇だ」

あのときと同じに、笑みは失せていた。

――人に言いたくないこと、思い出したくもないことが、おれにもある。

これで、おあいこだ。そう言っているように、おれには思えた。

竿の先に留められた絵が、夏めいた陽射しの中で、ゆるやかな風にひるがえった。

百両の壺

「婆さん、生きてるか!」

これがこの家へ来たときの、勝平の挨拶だ。

「ふん、おまえのような糞餓鬼がぴんぴんしてるんだ。まっとうな金貸し婆が、そうそうくたばるわけがないだろう」

すかさず切り返したところを見ると、今日のお吟は機嫌がいいようだ。虫の居所が悪ければ、鼻で唸《うな》ったきり返事もしない。

お吟は深川三軒町の金貸しで、おれと勝平はいわば雇い人だ。といっても、一日中お吟を手伝っているのはおれだけで、勝平は本業の稲荷売りの合間をぬって、三日に一度ほど、午餉《ひるげ》を済ませたいま時分に顔を出す。

お吟の嫌味なぞおかまいなしに、勝平はおれの前に胡坐をかいた。

「で、どんな具合だ、テン」

おれの名は天平《てんぺい》、十一歳になる。けれど名前も歳も、一年前にもらったものだ。おれはずっとテンと呼ばれていたから、勝平から一字もらって天平となった。

仲間うちで年嵩の者は六人いるが、たしかな歳がわかるのは三治と登美だけだ。だから人別帳《にんべつちょう》にあげるとき、勝平を含めた三人は三治と同じ今年十二とされて、少し小さいおれは、ひとつ下の登美と一緒の歳になった。

「そうだな、この吉兵衛長屋の夜蕎麦売りが、ちっと危ない。三日続けて居留守を使われた」

「仕方ねえ、差配にでも頼んで引きずり出すか。これからひとっ走りしてくらあ」

「うん、調べてみたけど、博打や女の影はなかった。商いがうまくまわってねえようなら、相談に乗ってやってくれ」

お吟の金貸し業は、少しばかり変わっている。銭ばかりじゃなく、知恵を貸す。客は皆、金繰りに困ってここに来る。だからやりくりができるよう、面倒を見るのがおれたちの仕事だ。商いがまわる策を考えてやったり、借金地獄から抜ける手立てを伝授したり、もとは今年の春までここにいた、お吟の孫がはじめたことで、おれたちは後を任された。

よし、と勝平が腰を上げたところで、玄関のがらり戸があいた。

「おお、勝平、やはりここにおったか！」

色白の顔を汗みずくにした侍は、おれたちの世話人の長谷部義正さまだ。

外は夏の盛りらしい、かんかん照りの暑さだが、そのためばかりの汗ではなさそうだ。

「テン、おまえも達者そうでなによりだ。お吟にも、すっかり無沙汰をしていたな」

ずいぶんあわてているようすなのに、律儀に挨拶をなさるのがこのお方らしい。

「旦那は毎度、悶着を背負って来なさるからね。無沙汰はかえって御の字でしたよ」

と、お吟はまるで愛想がないが、勝平は怪訝な顔をした。

「何か、あったんすか？　また、急ぎの金でも入用になったとか」

長谷部義正さまは百俵扶持の御家人で、ときどきお吟のもとに金を借りにくる。それが縁でおれたちと知り合って、身許を引き受けてくださったのだ。お侍のくせに腰が低く、いつもやさしく接してくれるとてもいいお方だが、ちょっと頼りないのが玉にきずだ。

「いや、金ではない。佐一郎《さいちろう》が、大変なことに」

「若さまが？　そういや、今朝は見かけやせんでしたね」

おれは朝から晩までお吟の仕事に詰めきりで、長谷部の家には滅多に足を向けないが、勝平と他の仲間は、三軒町からもそう遠くないお屋敷に毎日通っている。

「佐一郎は、昨晩から納戸に籠められておってな、母上とひと揉めあったのだ」

「げ、婆さまとですかい。そいつは気の毒に」

とたんに勝平が、同情めいた顔になる。お役目に忙しいご当主に代わり、皆の世話をしてくださるのは母君の婆さまなのだが、勝平はこの方がなによりも苦手なのだ。

「行儀と言葉遣い。おれのたったふたつしかねえ弱みだってのに、なんだって婆さまは、そこばかり喧《やかま》しいんだ」

勝平は三軒町へ来るたびに愚痴をこぼし、おれはいつも、なだめ役にまわる。

「そりゃあ、テンはいいさ。あのいかめしい顔を毎日見ずに済むうえに、おまえにだけは叱るどころか、褒めるばかりじゃねえか」

口を尖らせる勝平に、お吟が脇から横槍を入れる。

「あたりまえさ。テンはおまえと違って、出来がいいからね」

こういう話になるたびに、おれはいたたまれない気持ちになる。おれはいい子なんかじゃない、ただの意気地なしだ。

「だがな、今度ばかりは母上が怒るのも無理はない」

おれの物思いをよそに、話は先に進んでいた。

「あろうことか佐一郎は、武士をやめて商人《あきんど》になると言い出したんだ」

へえっ、とお吟が声をあげ、おれと勝平は目をぱちぱちさせた。

「また、なんだって、いきなり……」

「どうやら、わしと柾のことで、侍に望みを持てなくなったらしい」

しょんぼりと、旦那さまは肩を落とした。

「さっき一度ようすを見たが、佐一郎の覚悟は変わらなくてな。母上に一喝されて、納戸へ逆戻りだ。わしも妻も、どうしていいものやら皆目……」

長谷部家の跡取り息子、佐一郎さまはまだ九歳だが、なかなかきかん気の強いご気性らしい。旦那さまの話では、どうやら貧乏御家人の父君や、長く旅暮らしを続けていた、ふらふら病の叔父上を見て、侍に嫌気がさしてしまったようだ。

「いやあ、あの婆さまにたてつくなんざ、お小さいのに末頼もしい」

ひたすらほめちぎる勝平に、旦那さまがにじり寄る。

「佐一郎の頑固は、母上ゆずりだ。このままでは埒があかん。勝平、なにか良い知恵はないか。佐一郎が商人を諦めてくれるような、そんな手立てを考えてくれぬか」

「やれやれ、いい大人がこんな子供に頼るとは。いっそ正直に言ってやったらいかがです？　侍より商人のほうが、よほどいい暮らしができるとね」

お吟はすっかり呆れているが、旦那さまが勝平をあてにするのにも理由《わけ》がある。十五人もの仲間が飢えずに生きてこれたのは、みんな勝平の手際によるものだ。

その見込みを裏切らず、思案の末に勝平は、おれを見てにやりと笑った。

「テン、こいつは、おめえに任そう」

翌日から佐一郎さまは、お吟の三人目の雇い人となった。

「商人になりたいとは申したが、金貸しなぞという下劣な生業《なりわい》はご免だぞ」

髪型をほんの少し変え、仲間の着物を着せてみると、佐一郎さまは誰かに似ていた。

「今日から同じ町人身分だ。偉そうなお武家口調はあらためろ。こっちも若さま呼ばわりはしねえから、そのつもりでいろ」

勝平にえばられて、佐一郎さまがにらみ返す。それを見て、ああ、と気づいた。勝平に似てるんだ。顔形ではなく、負けん気の強そうな目つきが一緒なのだ。

「下劣な商売で悪かったね。文句をならべる前に、とっとと神輿《みこし》を上げておくれ。役立たずの雇い人を置くほど、楽な商売じゃないんでね」

容赦のなさは、お吟も同様だ。食ってかかりそうな佐一郎さまを、おれは引きずるようにして外に出た。往来に出たところで、あらためて頭を下げる。

「佐一郎さま、今日からよろしくお願いします」

「それはこっちの台詞だ。それに、おまえはおれの上になるのだから、ぺこぺこするな」

ぷいと顔をそむけ、ずんずんと先へ行く。歩き方からして町人の子供と違うのだから、内心おかしくて仕方がない。向かった先は、仙台堀沿いの長屋だった。

「うるせえな、ねえものはねえんだよ！」

訪ねた左官職人は、藪から棒に怒鳴りつけた。四、五日前に女房に愛想づかしをくらい、それから返金が滞っている。昼間から酒くさいところを見ると、相当荒れているようだ。

「酒を買う金があるなら、借金を返すのが先ではないか！」

高飛車な調子で理詰めにされて、たちまち相手は目を剝いた。

「それが道理というものだ。いい歳をして、そんなこともわからぬのか」

「侍みてえな口ぶりはやめねえか！　癇にさわって仕方がねえ」

あわてて、佐一郎さまの口を両手でふさいだ。

「すみません、新参なんですが、このところお侍にかぶれてて。どうか勘弁してくだせえ」

へいこらしながらも、少しずつ家出中のかみさんの話へともっていく。

「……けど、心配でしょうね。おかみさんの行き先に、心当たりはあるんですか？」

なんとか身の上話に漕ぎつけて、たっぷり半刻ばかりも話をきいた。暇を告げるころには、若い職人はすっかり大人しくなっていて、すまなかったな、と小声で詫びた。左官屋があげた女房の心当たりは、大川を渡った浜町《はまちょう》だった。

「これから、浜町に行ってみます」

長屋を出たところでそう告げると、佐一郎さまがぽっかりと口をあける。

「なにも、そこまで……。だいたい、夫婦喧嘩ごときで荒《すさ》んでしまう男がだらしがない」

「泣きどころは、人によって色々ですよ」

かみさんを待つくらいなら迎えに行ったほうが早いし、これには別の大きな利もある。

「どんな商いでも、信用がいちばん大事です。それにはまず、相手に喜んでもらうことが早道なんです」

幸い、浜町の心当たりにかみさんは居てくれて、職人の落ち込みようを少し大げさに伝えると、やっぱり半刻ほども亭主の文句をならべた揚句、ようやく明朝帰ることを承知した。

その後も何軒かまわったが、行く先々で佐一郎さまが、ひと騒動起こしてくれるもんだから、三軒町に帰るころにはどちらもくたくたになっていた。お吟と一緒に夕餉《ゆうげ》をとると、佐一郎さまは壁にもたれて舟をこぎだした。

「やれやれ、猫の手どころか、足にもなりゃしないね」

一緒に帳面合わせを片付けながら、お吟がため息をついた。

「佐一郎さまは本当は、いいお武家さまになりそうですけどね」

種を明かすと、今日おれたちがまわったところは、どこも厄介な借り方ばかりだ。女郎買いのやめられぬ男だの、あるいは借金の棒引きをたくらむ小狡《こずる》い女だの、金が絡むと世なおしてくれるだろうとの勝平の策だった。それをたっぷりと見せてやれば、若さまも考えなおしてくれるだろうとの勝平の策だった。目論見《もくろみ》どおり佐一郎さまは、あちらこちらで大いに憤っていなすったが、もっとも腹を立てたのは、さる浪人貸しと出くわしたときだった。

「今日、最後に寄ったのが、永代寺門前町の『あさ乃』でね」

「ああ、あの鰻屋だね。たしか、二両だったね、返ってきそうかい？」

ちょっと難しそうだ、とおれはこたえた。どうやら村瀬《むらせ》某という浪人からも大枚借りているらしく、ちょうど催促にきていた村瀬と鉢合わせしてしまった。お上は浪人お救いの建前で、高利貸しを認めている。その威を笠にきて、さらに借り高の大きさも手伝って、こちらの返済が先だと店先でしつこく粘った。

「武士のくせに、金、金、金と、少しは恥を知れと、佐一郎さまが喧嘩をふっかけて」

「商人じゃあなく坊主にでもなるつもりかね、この若さまは」

「でも、そのおかげで人だかりができて、さすがに具合が悪くなったらしく、村瀬って侍は引き上げていったよ」

佐一郎さまの頭が壁からずり落ちて、傍の箪笥にごつんとぶつかったが、それでも目を覚まさない。思わず笑いが込み上げる。

「それより、浪人が貸してる大枚ってのはいくらだい」

「それが……百両なんだ」

「なんだって！」お吟は目を剝いた。

鰻屋の構えは、百両をおいそれと出せるほど大きくない。おそらく日々の店繰りの金にも困って、お吟のような小金貸しからも小さな借財を重ねているに違いない。あさ乃の主人は四十半ばの実直そうな男で、店の評判もよかった。いったいどうして百両もの借財をつくったものか、何か理由《わけ》があるなら相談に乗ると水を向けてみたけれど、子供と侮られて相手にされなかった。

金貸しお吟の名は、本所深川界隈じゃなかなか通りもいいのだが、あいにくとあさ乃の主人までは届いていなかったようだ。


「テンはいつも、こんな遅くまで働いているのか？」

途中で起こされて眠くて仕方ないのだろう、佐一郎さまはしきりに目をこすっている。

あと一刻ほどで、町木戸もしまる刻限だ。お吟との帳合わせの後、仲間の稲荷商いの勘定もおれが見てるから、どうしてもこのくらいになる。

「稲荷売りの連中は、うちで夕餉を食べて日暮れ前には長屋に帰る。テンばかりが遅くまでこき使われて、割に合わんではないか」

「逆ですよ、佐一郎さま」

蛙の声がやかましい堀端で、足にあたった小石を蹴った。昼間の暑気をたくわえて、地面は燃えのこりの炭火を敷きつめたように生温かい。

「稲荷商いをはじめるまでは、おれは役立たずでした。ずっと仲間の稼ぎで食わせてもらってた。だからいまは、恩返しの最中《さなか》なんです」

納得ずくとはいかぬ調子で、佐一郎さまは、ふうん、と呟いた。

南森下町の長屋に着くと、いつものようにハチだけが起きていた。口の達者な九つの伊《い》根《ね》と、ハチの妹の花《はな》、五つの男の子のツネは、川の字になって眠っている。四畳半に子供が五人も納まっている狭さにびっくりしながらも、

「しばらく厄介になる。よろしくたのむ」と、佐一郎さまは挨拶した。

ハチはうなずくように小さく頭を下げて、甕《かめ》から水をくみ、ふたつの茶碗に注いでこちらに差し出した。

「ありがとう」

こくこくと飲みほすと、ようやくひと心地ついた。戸締りだの、冬なら火の始末もあって、ハチは必ずおれが帰るまで寝ないで待っている。そして毎日欠かさず、いまのような夏場なら水を一杯、火鉢が入れば白湯《さゆ》を出してくれた。

ツネの隣に寝かせると、佐一郎さまはすぐに気持ちよさそうな寝息を立てはじめた。

「仕方ねえか、今日は大立回りが多かったからな」

おれはこの日の顚末を、ぽつりぽつりと話し、ハチはいつものように黙ってきいていた。

ハチは用のあるときしか口をきかず、しかも出てくるのはたったの三つ。ウンとイヤと妹の名だけだ。これでも、大分ましになった。以前は声さえ出さず、お面みたいに顔の筋ひとつ動かなかった。ハチは男だけど、十人が十人ふり返るようなきれいな顔をしている。そのためにいかがわしい茶屋でひどい目に遭って、それが後を引いてるんだ。

勝平はそんなハチをひどく案じて、三町に分かれるときには、己がハチの面倒を見るつもりでいた。これに異をとなえ、おれとハチを組ませたのは長谷部の婆さまだ。

「テンは小さいから、ハチを止める力はねえ。また、あんな騒ぎになったらどうすんだ」

人形みたいなハチが、妹のこととなると人が変わる。妹にちょっかいを出した酔っ払いを半殺しの目に遭わせたのは、一年前、富岡八幡の祭礼のときだ。

「ハチがああなったら、誰にも止められません。違いますか、勝平」

婆さまに目を据えられて、それまで抗っていた勝平が黙り込んだ。

「ハチが心に負った傷は、それほど深いのです。ですから毎日ほんの少しずつでも、傷を癒してやることを、まず考えねばなりません。穏やかで思慮深いテンなら、ハチの中に棲む獣を、鎮めることができるかもしれません」

おれにはそんなたいそうな力はないけれど、それでもハチとの暮らしは、悪くないと思っている。ことに寝る前のわずかなあいだ、ハチとなごやかに過ごせるこのひと時は、なにより有難いものだった。今日のように、その日あったことを話すときもあれば、ただぼんやりしているときもある。ハチはほどほどのところで寝ちまうから気兼ねもいらず、虫や蛙の声をきいていると、疲れたからだがゆるゆるとほぐれていく。

少し風が出てきたようで、障子戸が小さく鳴った。風の音をきくたびに、浮かぶ景色がある。

一面の雪野原――。おれのいちばん古い思い出だった。

おれはそこで、旅の商人に拾われた。

とにかく無口な男だった。

久蔵《きゅうぞう》という名の他は生国《しょうごく》さえ語らず、江戸で仕入れた煙管《キセル》や煙草入れなぞの小間物を、仙台《せんだい》のいくつかの店に捌《さば》いていた。おれを拾ったのは先の大飢饉の最中、奥州《おうしゅう》街道の郡《こおり》山《やま》だという。おれは地吹雪の舞う野っ原で、たったひとりで泣いていた。抱き上げてくれたおじさんの懐が、温かかったことだけは覚えている。

おじさんと呼んでいたが、三十前くらいの案外若い男だったように思う。おそらく近くの宿場で親を探してくれたのかもしれないが、肝心のおれが「テン」という名前よりほかは、何ひとつ覚えていないのだから、どうにもならなかったのだろう。

四年のあいだ、おじさんはおれを連れて奥州路を行き来した。算盤や銭金の勘定は、そのあいだに見よう見真似で覚えたものだ。毎日、ただ黙々と歩き続けるだけの旅だったが、何にも邪魔されず、鳥のさえずりをきいたり山や森をながめたりする暮らしが、おれは好きだった。

「どこか育ちがよく見えるのは、そういうことか」

おれの来し方をきいて、勝平はそう言った。仲間たちの多くは、大人に辛くあたられてきた。勝平はその最たる類で、もとは蛇蝎《だかつ》のように大人を嫌っていた。おれは幸い、そんな大人と関わらずに済んだが、それは勝平のおかげでもある。

旅暮らしを続けて四年目の冬、江戸へ向かう道中で、おじさんは風邪をこじらせて床に臥《ふ》した。そして半月もせぬうちに、「おれが死んだらここに行け」と、品を仕入れている浅草の小間物問屋への頼み状を書いて亡くなった。

ひとまず浅草へ向かったものの、気は進まなかった。そこのおかみさんが、前々から苦手だったからだ。頭の天辺《てっぺん》から出るような甲高《かんだか》い声で、始終わめき散らしている。傍できいていると骨を釘でひっかかれるみたいで辛かった。おれが浅草へ着いたときも、店先で小僧をこっぴどく叱っていた。

どうしても足が前に出ず、その場で突っ立っていたところを勝平に声をかけられた。勝平たちはそのころ、十人ほどの仲間で掏摸やかっぱらいをして凌いでいた。

「……おれ、盗みはできないよ」

怖じ気づくおれに、勝平は気楽に言った。

「だったら、しなくていいぜ。ちびたちの面倒でも見てくれりゃあ、それでいい」

勝平は本当に、盗みを無理強いしなかった。おれは力もすばしこさもないから、はなから役には立たなかったろうが、

「おれたちは散々、大人から嫌なことを命じられてきたんだ。だからここじゃ、気に染まねえことはしなくていい」

勝平は、そう言った。申し訳ないから、そのうち繋ぎなんぞを手伝うようにはなったが、おれや仲間が危なくないよう、勝平はいつでも気を配ってくれた。

「テン、起きて、朝だよ！」

伊根のかしましい声で目が覚めた。いつのまにか眠っちまったらしい。

佐一郎さまがひとり増えても変わらない、常のとおりのにぎやかな朝だった。

「おまえたちに言えば、本当にどうにかしてくれるのか？」

佐一郎さまがきて五日目、あさ乃を出たところで後ろから声をかけられた。この永代寺門前町の鰻屋には、あれ以来、毎日かよっている。金貸しにありがちな嫌がらせじゃなしに、少しでも馴染んでもらえば何か話してくれるんじゃないかと、その心積もりからだ。相変わらず主人には相手にされなかったが、今日になってようやく実を結んだ。

呼び止めたのは、ちょうどおれたちと同じ歳くらいの、この家の息子だった。

「できるかどうかは、正直わかりません。でも、金貸しの表裏はわかっているつもりです。少しはお役に立てると思います」

そう告げると、倅はおれたちを堀端に連れていった。

「もとはと言えば、三月前、姉さんが屋敷奉公に出たのがいけなかったんだ」

武家屋敷への奉公は、嫁入り前の娘にとっては花嫁修業だ。一、二年、武家で行儀見習《ぎょうぎみならい》するだけで、ぐっと良縁の数が増える。坊ちゃんの十五になる姉も、さる旗本屋敷へ奉公にあがったのだが、そこでとんでもないしくじりをやらかした。

「姉さんは、お家の家宝の壺を、割ってしまったんだ」

「それが、百両の代物だったってわけですか」

こっくりとうなずいた息子は、涙目になっている。

「姉さんは用心深いたちで、うちじゃ皿小鉢ひとつ割らないんだ。どうにも合点がいかなくて、しつこくたずねてみたら、殿さまに無体なことをされそうになったと明かしてくれた。ふり払った拍子に殿さまがよろめいて壺にぶつかったって、そう言うんだ」

姉娘は泣きながらも、親には決して明かさぬよう、固く弟に口止めしたそうだ。

「なんて、ひどい話だ！　目付衆に申し上げて、その旗本をすぐにお縄にするべきだ！」

「そんなことしたら、嫁入り前の姉さんに傷がつく」

両手に小さな拳を握りしめた佐一郎さまに、息子があわてだす。

「その百両を、あの浪人から借りたんですね？」

おれが金のことをたずねると、倅はまたうなずいた。ちょうど店の修繕を終えたばかりで、余分な金は一両もなかったそうで、そっくり村瀬の世話になったという。しかし百両のあてはなく、このままでは一生借金に苦しむか、店を手放すことにもなりかねない。

「姉さんは己を責めるばかりで、飯もろくに食えなくなった」

そんな姉を見ていられなくて、おれたちに頼んでみる気になったんだろう。坊ちゃんは、着物の袖で涙をぬぐった。

「案じることはない。きっと連中をこらしめて、姉上の重石《おもし》をとりのぞいてみせる」

鼻水をすすりあげながら、本当か、と問うように、息子は佐一郎さまをながめた。

「武家の風上にもおけぬような輩《やから》を、いつまでものさばらせておくものか」

何の拠《よりどころ》もないくせに、おれも思わずうなずいていた。


「そいつは、うさんくさいどころじゃねえ。どう見ても騙《かた》りじゃねえか」

話をきいた勝平は、怒るより前に呆れている。

同じ日の晩方、勝平に三軒町まで来てもらったのは、鰻屋のためばかりじゃない。お吟が、気になることを耳にしたからだ。

「どうもこのところ、浪人貸しが妙な具合なんだ」

煙管を手にしたお吟は、常より一段とむっつりしている。

「界隈の浪人貸しが、そろって勢いがいいんだよ。あちこちでやたらと大きな金高を貸しつけていて、相手はどこもそこそこの構えの店だ。それまでは手堅い商売でなんの綻《ほころ》びも見えなかったのが、いきなり浪人どもに百両、二百両の借金をするんだよ」

お吟は、本所深川界隈で小金貸しの元締めをしている山野屋からきいたという。

「こいつは少し、調べてみたほうがよさそうだな」

勝平が、濃い眉の下の大きな目を光らせた。

「調べるって、どうするんだ？」

「そうだな……気はすすまねえが、まずは蛙の旦那のところへ行くか」

山野屋の元締めは、たしかにつぶれた蟇蛙《ひきがえる》みたいだ。おまけに女癖が悪くて欲深いと、三拍子そろった旦那のことは、勝平だけでなしに、おれも正直好きになれない。

「あの旦那のことだ。このまま黙って見過ごすとも思えねえ。少なくとも浪人連中が活気づいたからくりは、知っておきてえはずだ」

山野屋なら、どの浪人がどこにどれだけ貸しているか、金高の大きなものならたいがい摑んでいるはずだ。あとは借金のわけを各々の借り方にたずねれば、おのずと浪人貸しの裏にある仕掛けが浮かんでくると、勝平は説いた。

「借りた方が、そうすんなりと話してくれるものかね」

お吟は疑わしげな顔をする。

「やり方は、テンが教えてくれたじゃねえか」

「……おれが？」

「そうさ。あさ乃と同じに、子供にききゃあいいんだよ」

「鰻屋の場合はたまたまさね。金の話なぞ、大人が子供にするものかい」

お吟は鼻もひっかけない。たしかにお吟の言うとおり、大人はこの手の話は子供にしない。だから子供は知らないと、大人はそう思っている。けれど本当は、親の心配事に誰より聡いのは子供なんだ。日頃よりいっそう、まわりの話に耳を立てる。使用人を抱える店ならなおのこと、語る口が多い分、たいがいのことはわかっているものだ。

「あまり小さいと、役には立たないよ。なにより、子供がいない家はどうすんだい？」

「雇い人に、小僧や小女のひとりくらいはいるだろう？」

勝平が、にやりと笑った。

「ま、おまえが言うなら、好きにすればいいさ」

お吟はひとまず折れたが、まるで意趣返しのように、じろりと畳をにらんだ。

「それより、この落し前は、いったいいつになったらつくんだい？」

「五日も経てば、音をあげると踏んでいたんだがな……」

めずらしく、困りきった顔をおれに向ける。畳の上には佐一郎さまが、今日は大の字になって眠りこけていた。

「頑固なところは、誰かにそっくりだよ」と、おれは笑った。

寝言でおっかさまを呼んでいたりするくせに、昼間は決して弱音を吐かない。よほどのことでもない限り、家に帰るとは口にしないだろう。

「まったく若さまも、面倒くせえところが婆さまに似ちまったな」

同じところが勝平もそっくりだとは、言えなかった。

元締めの山野屋がつかんだ話をもとに、勝平はちょうど十軒の店をえらび出した。それまでは借金などに無縁だったものが、急に大きな借財を抱えるに至った店ばかりだ。おれと勝平は手分けして、子供や小僧相手にきき取りを続けた。

得意先に納めた大口の注文の品に、間違いがあった。縁者にあたる侍のために、士官先を頼んだ。御用達商人の話を持ちかけられて、賂《まいない》が入用になった。借金の内訳はさまざまあったが、びっくりすることがわかった。そのどれもが、おなじ旗本に繋がったのだ。

最初は、おれたちもわからなかった。子供たちが、旗本の名までは覚えていなかったからだ。決め手になったのは、あさ乃だった。ある提灯屋の娘が屋敷奉公に出て、あさ乃の娘とまったく同じ手口で金をせびられたのだ。勝平は、吐き捨てるように言った。

「ふん、こんなわかりやすい真似を二度もしやがって、しょせんは猿知恵だ」

ふたりの娘の奉公先は、同じだった。

永田《ながた》信成《のぶしげ》。勘定組頭を務める五十過ぎの旗本で、屋敷は本所、南割下水《みなみわりげすい》に近いところにあった。

借金させられた十軒には、以前から上得意として永田が出入りしていた。その口車に乗って、さまざまな形で永田の世話になることとなり、いざ金の話となると金貸しの浪人を介す。浪人貸しの連中は、偽の証文だけ拵えて永田に金を都合したふりをする。もちろん額面どおりのやりとりなぞなく、礼金だけが渡っているのだろう。

「で、この先はどうするんだ？」

蟬の声がとぎれた往来で、声をかけた。そうだな、と考え込んだ勝平に、佐一郎さまが檄をとばす。

「そんなもの、お上に訴えればよい話ではないか！　勘定方の旗本が、町人から金を騙しとるなぞ許されることではない！」

「お怒りは、ごもっともだがな」と、勝平は苦笑いだ。

金が絡んだ訴えは、金公事《かねくじ》という。金公事は互いの話し合いで落着させるよう、お上から求められている。けれどこの浪人貸しの件は、いわば騙りだ。しかも相手が旗本では町奉行所の預かりではないし、残る手は箱訴《はこそ》や駕籠訴《かごそ》となる。急度叱《きっとしか》りくらいだが罪に問われることもあるし、なにより町人が武家を訴えるには、それなりの覚悟がいる。

「何故だ？　町人が侍を訴えてはいけないと、そんな法度があるというのか？」

「表だってはありませんが、決していい顔はされません」

顔をまっ赤にさせている佐一郎さまに、おれはやんわりと説いた。

たとえ訴が通ったとしても、たらい回しにされる恐れもあるし、お調べに長の年月がかかるかもしれない。訴人となる町人の手間や苦労は、並大抵のことでは済まない。しかも永田のやり方は、騙りかどうか見極め辛い。十軒が足並みをそろえて訴え出れば、おかしいとすぐにわかるが、一軒だけ見れば、それなり理屈が通っている。もっともわかりやすいのはあさ乃がかかった手口だが、嫁入り前の娘のために、おそらく表沙汰にはしないだろう。

「それでは、泣き寝入りするしかないというのか」

「そいつが身分てもんなんだよ。お武家の若さまには、わからねえだろうがな」

勝平にあてこすりを言われ、佐一郎さまが悔しそうに唇を噛む。はやくお屋敷に戻そうと、わざと意地悪したんだろうが、若さまのご気性では火に油だ。

おれはこそりと、勝平に耳打ちした。

「このままあっさり、引き下がるつもりはないんだろ？」

「まあな。十軒みんなはさすがに無理だが、あさ乃と提灯屋くらいは、どうにかなるかもしれねえ。あとは店の主人しだいだ」

勝平は、勝算のある顔をした。

騒ぎが起きたのは、翌日の夕刻だった。

「佐一郎さまが、戻ってない？」

借り方との相談が長引いたもんで、佐一郎さまをひとりで先に帰したのが間違いだった。すぐに探しに出掛けたが、長屋にはおらず、長谷部のお屋敷に足を向けると、商いを終えた仲間たちが、ちょうど夕餉を済ませたところだった。

「すみません、おれが目を離したばっかりに……」

「テン、おまえのせいではありません。勝手な真似をした佐一郎がいけないのです」

婆さまだけは落ち着き払っていたが、その後ろで、旦那さまとご新造さまは青くなっている。皆で手分けして探しにいくことにしたが、

「ひょっとして、あそこじゃねえか」

おれと勝平は、永代寺門前町に走った。

「あの、佐一郎……いや、うちの相方の坊主、ここに来ませんでしたか？」

提灯を灯したあさ乃の店先に、所在なげに突っ立っている息子を見つけて声をかけた。

「それが……これを見せたとたん、ものすごく怒って……」

と、紙切れを見せる。中は、女文字だった。

「姉さんはひどく悔いていて、一生お屋敷に奉公してもいいから、百両を勘弁してほしい

と、あのお旗本に頼みにいったんだ」

「なんてことを……」

「おまえのところの相方が、連れもどしてくるからってお屋敷の場所をきいて……」

たぶん佐一郎さまは、お上に訴えるよう勧めるつもりで、ここへ来たのだろう。

半刻は経っていないときいて、勝平はすぐに、この家の旦那に会わせてほしいと坊ちゃんに頼みこんだ。

「勝平、おれを先に本所に走らせてくれ。佐一郎さまが心配でならねえ」

しばしおれをじっと見て、勝平はあることを告げた。

「こいつは、長谷部の旦那さまからきいた話だ。いよいよ危ねえときの切札に使え」

うなずいて、おれは駆け出した。

御竹蔵から大横川まで、東西に走る南割下水の両袖は、武家屋敷がひしめいている。この辺りにも何人かお吟の客がいるから、道には明るい。永田家にまっすぐ辿りついたが、慣れない者には目当ての屋敷を見つけるのもひと苦労で、佐一郎さまも迷ったのだろう。

屋敷の前で揉めている、若さまに出くわすことができた。

「ここにあさ乃の娘がいるだろう。さっさと引きわたせ！」

勘定組頭の永田家は、三百五十俵ときいている。塀の内は長谷部の屋敷より、三倍くらいは広そうだ。佐一郎さまは、若い侍と下男らしき男に押さえられていた。

「佐一郎さま！」

駆け寄ったとき、門の内から四十くらいの別の侍が出てきた。

「騒がしいな、何事だ」

「申し訳ございません。この子供が……鰻屋の娘を出せと」

色の白い細面の若侍は、言い難そうにこたえた。こちらが上役なのだろう、ごつい顔の年嵩の侍は、ぎろりとこちらを見下ろした。

「おまえたちは、あの娘の身内か？」

「雇い人と思ってくだされば……お嬢さんの帰りが遅いので、迎えにきました」

用心深く申し述べると、侍は嫌な笑いを浮かべた。

「では、帰って主に伝えるがよい。娘はしばらく当家で預かるとな」

「馬鹿を申せ！　助平親父の慰みものにするつもりか！」

このところ佐一郎さまは、悪態のつき方だけはうまくなった。

「おまえたちの悪事は、残らずお上に訴えてやる！　浪人貸しを使ってあちこちの店から金を巻き上げたことも、鰻屋や提灯屋の娘にいやらしい真似をしたこともだ！」

口を塞ごうにも間に合わず、相手の顔色が、さっと変わった。すぐさまおれたちは、塀の内に引きずり込まれた。座敷でしばらく待たされて、やがて主が姿を見せた。

「なんだ、このこわっぱどもは」

主の永田信成は、尖った鼻の上に皺をよせた。思っていたよりずっと小柄な男で、悪党面でもなかったが、底光りのする小さな目とうすい唇が、ひどく薄情そうに映る。家来の話をきくと、鼻上の皺はさらに増えた。

「町屋の小倅が、なぜそこまでつかんでいる?」

「私は、侍の子だ！　長谷部義正が嫡男、佐一郎だ！」

主はわずかに顔を歪めただけだったが、若い方の家来が、ぎょっとしたようにふり返った。何か言いたそうに口をあけたが、ちょうどそのとき廊下から下男の声がした。

「なに、あさ乃の主人が来ておるというのか」

「へい、若い侍も一緒でして」

さすがは勝平だ。助っ人が来たのは、おれの見込みよりも早かった。

「なんだって、こうぞろぞろと……かまわん、追い返せ」

面倒くさそうに片手をふった旗本に、落ち着き払っておれは言った。

「お会いになった方が、殿さまの御為にはよろしいですよ」

行さまに……」

「追い返せば、浪人貸しのからくりが、ばれちまうかもしれません。新しくきた御勘定奉

「なんだと」

勝平が授けてくれた切札だった。水野というご老中が、賂まみれのご政道を改めようと、老中、若年寄から町奉行まで、たいそうな人の入れ替えを行ったのは、この春のことだ。勘定奉行も新たにふたりが任ぜられ、うちひとりが永田信成の上役になった。己にはいる賂が減って、こんな悪事を思いついたのではないかと、これは勝平の読みだった。

「小僧、このわしを脅す気か」

旗本は、小さな目をさらにつぼませて、じっとこちらを見据えていたが、やがて新客を通すよう下男に命じた。座敷に現れたのは、あさ乃の主人と長谷部柾さまだった。

「叔父上！」

驚いたのは、佐一郎さまだけではなかった。座敷にいた若い家来が腰を浮かせた。柾さまは若侍には気づかぬふうに、こちらに顔を向けてにっこりした。

「ふたりとも、無事でよかった」

兄上の義正さまとよく似た笑顔だが、思わずつり込まれて一緒に笑ってしまいそうな親しみが、柾さまにはあった。身分を明かし、あさ乃の主人の隣に座す。

「ぜひともこれを、お納めいただきたく」

あさ乃の主人は長々しい挨拶のあとに、真四角の桐箱を差し出した。

「これは？」

「我家の家宝の壺にございます。娘が壊した品の代わりに、何卒《なにとぞ》お収めください。そのかわり、百両の弁済はご勘弁願いたく存じます」

桐箱から出された人の頭ほどの壺は、白地に青絵で花鳥が描かれている。

「ふざけたことを。あれは代々伝わる家宝だと申したはず。あえて金で内済してやろうという、こちらの気遣いもわからぬとは……」

「この壺は紛れもなく、百両の品にございます」

あさ乃の主人は、挑むように言い切った。壺はそれなり高そうに見えなくもないが、瀬戸物屋で数両くらいで売っている代物にも思える。旗本が、初めて顔色を変えた。

「これが、百両だと！　武士をたばかるとどうなるか、わかっているのか！」

「町人をたばかるとどうなるか、永田さまはおわかりか」

ゆったりとした口調は、柾さまだ。

「あさ乃の主は、腹を据えた。つまりは、そういうことだ」

「御家人風情が、しかも当主でさえない者が、旗本に楯突いてただで済むと思うのか」

「むろん、承知している。しかし、ただで済まぬのは永田さまも同様でござろう。このあたりでそろそろ、御身を慎んだほうがようございましょうな」

さっきおれが出した勘定奉行の名を、柾さまもほのめかした。

「どうかこの壺を、お収めいただきますよう」

あさ乃の主人は旗本にしっかと目を据えて、畳の上の壺を、ずい、と前へすべらせた。

「うまくいったみたいだな」

屋敷の門を出ると、勝平が待っていた。姉娘ともども、あさ乃の主人が深々と腰をおる。

「おかげさまで、娘も無事に戻りました。本当になんとお礼を申し上げてよいやら」

「礼なんぞいらねえよ。うちの二両を返してくれれば、それでいい」

あの壺はもともと鰻屋に飾られていたもので、一両二分で求めたものだと主人が笑った。

なごやかに踵《きびす》を返したところで、永田家の門がふたたび開いた。

「お待ちください、柾殿」

「兵助《へいすけ》か、久しいな」

さっきの若い侍だった。

「屋敷の内では挨拶もせず悪かったな。おれと通じていると勘繰られては、おまえの立場が悪くなると思うてな」

「お心遣い、痛み入ります」

主の命とはいえ、悪事に加担していたことを恥じるように薄い肩をすぼめたが、柾さまを追ってきたのは別の用向きがあるようだ。渋谷《しぶや》兵助と名乗った侍は、かつて同じ道場に通っていた弟弟子になるそうだ。

「あの、人伝《ひとづて》にきいたのですが……柾殿がいまだにお蘭《らん》と師範代を追っているというのは、まことですか。亡くなられた師匠の仇を、討つおつもりなのですか？」

おれたちには初耳の話で、佐一郎さまともども柾さまを見上げた。あとで知ったことだが、どうやら三治だけは、ちらりときいていたらしい。

「ふたりを探して国中を旅しているとも伺いました。江戸に戻ったということは、もしやあのふたりは、いま江戸に……」

「兵助、もう昔の話だ。おまえは忘れたほうがいい」

やんわりと、柾さまがさえぎった。

「そんなことより、己の身のふり方でも考えておけ。あのようすでは、おまえの主家は長くはないぞ」

言いおいて、柾さまは歩き出した。佐一郎さまがあわてて後を追う。

「叔父上が旅暮らしをしていたのは、ふらふら病ではなかったのですか」

「いいや、歴《れつき》としたふらふら病だ」

でも、と佐一郎さまが後ろをふり返る。さっきの若侍は、まだ門前に佇んでいる。

「佐一郎、おれのことより己の心配をした方がいいぞ。母上がてぐすね引いて、待っているだろうからな」

「婆さまなぞ、怖くありませぬ」

強がってみたものの、佐一郎さまの顔がみるみる曇る。

「さすがは嫡男だ。おれにはそんな度胸はないから、ここで抜けさせてもらうよ」

「あ、叔父上……」

甥御さまの目を逃れるように、征さまはひと足先にあやめ長屋に帰ってしまった。

おれと勝平も気になってたまらなかったが、長谷部の屋敷に着いたとたん、そんな気がかりなんぞ吹きとんでしまった。すごい形相の婆さまが、玄関の式台に座っていたからだ。

「佐一郎！　おまえという子は……」

いまにも落ちそうな大雷に、若さまの背中で勝平が頭をかかえたとき、

「この、馬鹿者が！」

別のところから声が降り、佐一郎さまの頬が鳴った。

「己の短慮で、テンを危ない目に遭わせるとは何事か！　仮にも武士が、すべきことではないっ」

その場にいた誰もが、呆気にとられた。佐一郎さまを叩いたのは、お父上の義正さまだった。佐一郎さまの顔が歪み、吹き上がるように涙がこぼれた。

「……も、申し訳、ございませ……父上……」

「い、いや、佐一郎、なにも泣くことは……」

たちまち旦那さまが、いつもの気弱な顔に戻っておろおろする。

「佐一郎、家に戻ってくれませんか。おまえがいないと、母は寂しゅうてなりません」

「母上ぇ……」

やさしい腕に抱きとられ、佐一郎さまが声を放って泣き出した。

「うらやましいか？」

知らぬ間に、もの欲しそうな顔でもしていたものか。勝平に肩を叩かれ、我に返った。

いや、と首をふったのは、強がりばかりじゃない。

「行こう、勝平。きっとハチが、寝ないで待ってくれている」

おれたちにも、帰る場所がある。それが嬉しくてならなかった。

子持稲荷

「登美、奉公に出てみる気はありませんか」

長谷部の婆さまが言い出したのは、あちこちの庭先や路地裏に、菊のにおいがただよいはじめた頃だった。金持ちにも貧乏人にも菊好きはたんといて、丹念に手入れをした花が、いま時分になると競うように咲きはじめる。

「すぐにとは申しませんが、おまえももう十一ですし、いつまでもこのままというわけにも……」

「このまま稲荷売りをしていちゃ、いけねのか？」

「いまの商いがまずいということではなく、奉公先で行儀作法も身につきますし……」

そこからくどくどと話が続いた。婆さまにしては、めずらしく歯切れが悪い。朝餉に食べた干し大根の切れ端でも、歯にはさまっているんだろうか。そんな調子だった。

「奉公なんて行かね。おれはいまのままでいい」

「登美、おまえは女の子なのですから、そろそろおれはやめなさい」

おれと言っちまうのは、仲間の言葉が移ったものかと婆さまは考えていたようで、はじめのうちは直そうと躍起になっていた。けれど別の理由《わけ》だと知ってからは、さほどうるさくなくなった。

口喧しくて、怒ると鬼より怖い。勝平や男連中は、この婆さまにはまるきり頭が上がらない。でも婆さまは、おれたち女の子には案外あまい。

「息子ふたりを育てあげた方ですから、男子は厳しくしつけるものとの信条がおありのようですが、娘となると勝手がわからないようですね」

ご新造さまはふふっと笑い、そんなふうに仰っていた。

「おまえくらいの女の子が、同じ年頃の男の子と一緒に暮らすというのは、良いことではありませんし」

婆さまの話は、まだ続いている。

おれはひとつ上の三治と組んで、海辺大工町の長屋でちび三人の面倒を見ている。

「三治と一緒は、いけねのか？」

「三治がどうこうというわけでは……あの子は少々しゃべり過ぎですが、読み書きも達者で気もまわりますし……いえ、そういうことではないのです」

早くしてくれと催促するつもりで、尻をもじもじさせた。そろそろ待たせているちびたちの、我慢が切れる頃合だ。

「……ですから、世間の目というものもありますし、年頃になると女の子はともかく、男の子というものは……」

と、婆さまは困ったように口をつぐんだ。さっぱり腑に落ちぬという顔でじっと見上げると、返事の代わりに大きなため息が返ってきた。

「登美、早く出ようよ。タヨがぐずりはじめてる」

五つのロクが呼びにきたのを汐《しお》に、おれはさっさと逃げ出した。ほかの仲間はみな稲荷売りに出てしまったようだ。寂しかったのだろう、三歳のタヨは大泣きしている。抱き上げてとんとんと背をたたいてやりながら、ロクのおしゃべりにつきあってやる。

仲間うちでいちばん小さいふたりの面倒を見ながら、稲荷を売り歩く。

正直、毎日が忙しすぎて、先のことなんて考える暇はなかった。

「それはさぞかし、母上も困ったろうな」

昨日の話をすると、柾さまはおかしそうに相槌を打った。

朝起きると雨粒まじりの風が強く吹いていて、小さい子なら飛ばされそうな勢いだった。

商いは休みになったけれど、長屋に閉じ込められたちび三人は退屈して騒ぎ出した。今度は家の中が嵐みたいになってきて、とうとう三治が音をあげた。

「登美、勝平に相談があると言ったろう？　これから行って片付けちまおう」

午《ひる》を過ぎて雨風の弱まったところを見計らい、皆でぞろぞろと小名木川を越えて、あやめ長屋にやってきた。

「登美がイノコズチをくっつけていないとは、めずらしいな」

いつもおれの腰にしがみついているロクと夕ヨを、柾さまは着物にくっつくイノコズチの実のようだと言っていた。

「玄太に任せてきたから、しばらくは大丈夫だ」

ひとつ上の玄太は、小柄な柾さまとそう変わらぬほどからだがでかい。お馬さんもたかいたかいも、玄太がやってくれるとひと味違う。いつまでも遊び相手になってやる気の長さもあって、ちびたちの扱いは誰よりもうまい。

「勝平に相談とは、母上の言った奉公話のことか？」

「そうじゃね。勝平が来たら話すけど、別のことだ」

はしゃぎまわるちびたちと一緒では、込み入った話はできない。相談事だときくと勝平は、お吟婆さんの使いを済ませてくるから、柾さまのところで待っているよう言いおいて、雨の中を出ていった。金貸し商売は、雨風でも休みがない。

「昨日はうまく逃げたけど、婆さまも頑固だろ。奉公話を諦めてくれる、うまい手はないかな、柾さま」

同じ深川にお屋敷があるというのに、柾さまはさっぱり寄りつかない。毎日通っているおれは、勝平を待つあいだ、長谷部の家のあれこれを話してきかせた。

「だがな、登美、今度ばかりは母上の心配ももっともだ。おまえにはまだ、わからぬかもしれんが……」

「婆さまが案じてるのは、男と女のことだろ？」

よく日に焼けた、やさしい面立ちの顔が、ぎょっとなった。

「登美、おまえ……」

「知らんぷりしていれば、うまく話をかわせるだろ」

「まったく、おまえたちにはかなわんな。子供だと侮っていると、とんでもない目に遭う」

その辺の子供だって、十を過ぎればそのくらいは察するものだ。親のないおれたちは、大人が後生大事に隠している、もっと色んなものを見聞きしてきた。

「なあ、柾さま、おれが仲間うちの誰かと夫婦《めおと》になれば、このまま暮らしていけるのか？」

「おまえも伊根のように、一緒になりたいやつがいるのか？」

首を横にふると、うーん、と柾さまは唸った。伊根は男前のハチが大好きで、ハチの嫁さんになりたいと始終言い言いしている。仲間はみんな知っているが、あいにくと当のハチだけは気づいてなさそうだ。

「登美もどうせなら、好いた男と所帯を持ったほうがいいだろう?」

「誰と所帯をもったって、働いて子供を育てて、やることはいまと何も変わらね」

いつも微笑んでいるような柾さまが、ふっとまじめな顔になった。

「できれば酒飲みと博打打ちはごめんだけどな。ただでさえ忙しいのに、亭主の面倒まで見切れね」

「登美ならきっと、働き者でやさしい亭主に出会えるさ。それまで苦労した分、うんと大事にしてもらえばいい」

「おれはたいした苦労はしてね。他の連中にくらべれば、ましなほうだ」

おれはふた親とともに田舎から江戸へ出てきて、すぐに厄介払いで親類に預けられた。そこから他所へ売られる途中で、勝平と玄太に助けられたんだ。

「おれの亭主より、柾さまの嫁さまのほうが先だろ。婆さまも案じていたぞ」

「母上みたいな女房殿ではかなわんからな。おれは当分いいよ」

ようやく柾さまに笑顔が戻った。ほっとしたとき戸があいて、勝平が顔を出した。

「蓬莱屋《ほうらい》といやぁ、回向院《えこういん》傍の大きな仕出し屋だろ？」

使いに行った先でもらったという黒飴を口にほうり込み、勝平は胡坐をかいた。おれは柾さまと勝平に、蓬莱屋の倅、由次郎《よしじろう》の話をした。

半月ほど前になる。竪川沿いを歩きながら、傍らのロクが言った。

「登美、正月用の稲荷、なにか思いついたか？」

「いや、まだ思いつかね」

こたえながら、目は少し先の土手下に向いていた。岸辺の葦の茂みの中に、小さな影がうずくまっている。

「ちょっと待ってろ」

空になったふたつの籠と天秤棒をロクに預け、短い土手をおりた。その日の商いを無事に終えた帰り道で、陽はかたむき出して川風は冷たさを増していた。

「どうした？　腹でも痛いのか？」

歳はちょうど同じくらいだろう、身なりのいい男の子がはじかれたようにふり向いた。

「なんでもない。あっちへ行け」

ひねた目が、ぐいとにらみつける。

「おまえ、このところよく見るな。何してんだ？」

こいつを見かけたのは、初めてじゃなかった。おれとロクとタヨは、回向院門前から竪川に沿って商いをしている。このひと月ばかり、時折川べりでぼんやりする姿は目に入っていた。それまではたいして気にもとめなかったが、枯れはじめた葦の陰で腹を抱えるようにして縮こまっていたものだから、見過ごすことができなかった。

「何もしてない。いいから、あっちへ行けよ！」

声を荒げたとたん、大きな腹の虫が響きわたり、色白の頰が柿の実のように色づいた。

「なんだ、腹へってんのか。なら、これ食えよ」

懐から出した包みを開くと、油揚げの香ばしいにおいがただよった。手の上にふたつならんだ稲荷鮨を見て、相手はごっくりと唾を呑んだ。

「遠慮すんな。商いの残りもんだけど……」

「いらない。おまえたちみたいな小汚い子供から、物なんかもらえない」

そいつが、ぷいと顔をそむけると、たちまち背中から文句がとんだ。いつのまにか土手をおりてきたらしいロクとタヨが、おれのお尻に張りついていた。

「おめえみてえなヤなヤツに、食わせてなぞやるもんか！」

「ヤなヤツ！　ヤなヤツ！」

ロクを真似て、タヨが囃し立てる。ふたりの頭に、ゴツンと拳固を落としてやった。

「やめねか。弱い者いじめはすなと、いつも言っているだろうが」

「私のどこが弱いんだ。無躾なことを言うな！」

見当違いの怒りを買って、思わずきょとんとする。

「そういうことじゃね。おれたちは三人、おめはひとりだ。多勢に無勢は卑怯だろ？」

「……おまえ、女の子なのにどうしておれなんだ」

「おれのいた常陸《ひたち》の田舎じゃ、男も女もおれと言うんだ」

「ふん、やっぱり田舎者か。どうりで訛っていると思った」

憎たらしい物言いにも、たいして腹は立たなかった。田舎の出もお国訛りも、恥ずかしいことではないと、婆さまが請け合ってくれたからだ。おれと呼ばわるのを渋々大目に見てくれたのもそのためだ。

「これ、ほんとに食わねのか？　栗が入って旨いのに」

「栗？　稲荷鮨に、栗が入ってるのか？」

相手の顔が、急に変わった。栗が好物というよりも、もっと別の興をひいたように見えた。節季ごとに中の具を色々工夫する、と言い添えると、吸いつくように手がのびた。

「うまい」

味わうように嚙みしめて、小さな口を開いた。

「見かけよりずっと品がいい味だ。甘さの加減もちょうどいい」

おれが勧めるまま、素直にもうひとつを平らげて、油のしみた指を舐める。身なりの割には、行儀はよろしくないようだ。婆さまに食事のたびに叱られて、おれたちはやらなくなっていた。

「うちは稲荷はあつかってないんだ。田舎じみた味だと、おとっつぁんが嫌って。前に他所《よそ》で食べたときは、私もそう思った」

「おめえんち、食いもの屋なのか？」

そこでようやく由次郎は名を名乗り、蓬萊屋のひとり息子だと告げた。

「そんなたいそうな店の跡取りが、こんなところで何してるんだ？」

と、倅のとなりに腰をおろした。ロクとタヨは亀を見つけたらしく、川っ縁《ぺり》ではしゃいでいる。

「別に……さぼっていただけだ。手習いも稽古事も、もううんざりなんだ」

手習いは、おれも苦手だった。婆さまがしこんでくれるけど、ちっとも上達しない。由次郎は、その何倍も苦労が多いようだ。

「毎日、手習いから帰ると、剣術に茶の湯、踊り、長唄、それに……」

「まだ、あるのか？」

「夕餉の後は、番頭から店内《みせうち》のあれこれを学ぶんだ」

起きてから寝るまで、飯時よりほかは息をつく間もないという。

白い海鳥が、川面を舐めるように流れ、また空へ舞い上がった。由次郎は、うらやましそうにその姿を追った。

「あの女が来てから、一切が変わっちまった」

空を見上げていたぼんやりとした横顔から、ひどく暗い声がした。

「あの女って？」

「継母《ままはは》だ。おっかさんが死んでほんの一年で、図々しく蓬莱屋に上がりこんできたんだ」

以来、新しくきた母親は、使用人にも大きな顔をしてわがもの顔で采配をふるい、肝心の父親もすっかり骨抜きにされていると、由次郎は憎々しげに告げた。

「立派な跡取りにするためという建前で、私には継子《まま こ》いじめをしてるんだ」

由次郎を習い事で雁字《がん じ》がらめにするばかりか、怠けると飯を抜かれるという。だが、由次郎がもっとも我慢がならないのは、使用人から漏れきいた噂だった。

「おとっつぁんとあの女は、おっかさんが生きてた頃からの仲だって……」

そのときばかりは、本当に辛そうな顔をした。向島の料亭へ旦那のお供をした小僧が、後添えとなった女を見たそうだ。由次郎の母親が病の床にいた頃で、死ぬふた月前の話だった。

「これから飯を抜かれたら、ここで待ってろ。おれたちは毎日ここを通る」

「けど、私は……一文なしなんだ」

以前は贅沢に与えられていた小遣銭も、持たせてもらえなくなったと、情けなさそうに告げる。

「仕方ね、出世払いで勘弁してやる。その代わり、頼みがある」

面倒ごとではなかろうなというように、由次郎は一瞬顔を曇らせたが、おれが明かすと、「なんだ、そんなことか」と快く承知した。

それからたびたび、由次郎とは顔を合わせるようになった。おれには何でも話してくれるが、小さい子は苦手なようで、ロクとタヨとは相変わらず馴染まなかった。

昨日の夕方のことだ。おれたちを待っていた由次郎の顔は青ざめていた。

「どうしよう、登美。あの女が妙な男と組んで、蓬萊屋に仇をなそうとしている」

細くて白い両手は、おれの袖を握りしめて離さなかった。

「じゃあ、その継母があやしげな男とくっついて、何か企んでいるって言うんだな？」

勝平にうなずいて、一昨日、由次郎が見たことをそのまま話した。

いつものように稽古事を嫌って竪川へ向かう途中、由次郎は継母である内儀を見かけた。外出のさいにつき従う女中の姿はなく、ひとりきりで先を急ぐようすが気にかかり、後をつけたという。やがて内儀は竪川とまじわる大横川沿いの道へはいり、寺の裏手になる人気のない場所へ出た。そこには男がひとり立っていた。

「やくざの三下みたいな、風体の悪い貧相な男だったって」

内儀が袱紗《ふくさ》包みを渡し、男がひらくと数枚の小判が見えた。少しはなれた木の幹に隠れていたせいで、話し込む男女の声は届かなかったが、

「旦那が戻ってくる前に、片付けちまったほうがいい」

男が放ったそのひと言だけが、由次郎の耳を打った。父親はちょうど、商いの用で江戸を離れていて、戻りは半月先になる。そのあいだに何かはじめるつもりではないかと、由次郎はひどく怯えていた。

「番頭や手代に告げ口したところで、証しがなけりゃ白を切りとおされるだけか……」

「どうする、勝平？」と、柾さまがたずねた。

「そうだな……継子いじめってのもきき捨てならねえし、ここはいっちょう助け船を

……」

「勝平、その話は、半分さっ引いたほうがいい」

勝平は不思議そうに、おれをふり向いた。

「どういうことだ、登美？」

「由次郎は、あいつは……わがままで甘ったれのバカ息子だ」

「それはまた、手厳しいな」

柾さまが、くっと喉で笑った。

「継母のやりようは、たしかにきついかもしれね。でも、産みの母親の甘やかしようも、度が過ぎている」

由次郎からたびたび話をきいているうちに、おれはそう思うようになった。死んだ母親は、ひたすら倅を甘やかした。物でも銭でも欲しいだけ与え、どんな悪さをしても叱らなかった。おかげで由次郎は、鼻持ちならないヤなヤツに育った。

「あいつは、てめえのことしか考えてね。おれがロクやタヨにかまけていると、怒り出すんだ。手がかかるのは、小さいふたりと変わらね」

「いくら登美でも、三人の面倒は見切れんか」と、柾さまがまた笑う。

ロクとタヨが、懐かないのも道理だ。気にさわることを平気で口にするし、目下の者を可愛がることもない。そういうあたりまえのことが、由次郎には欠けている。

「ふうん……倅の訴えも、継母憎しの揚句かもしれねえってことか」

勝平がにやにやした。こういう顔をしたときは、勝平がやる気になった証しだった。


それから三日の後、勝平とおれは回向院門前の蓬莱屋を見張っていた。

内儀と男の話から、由次郎が拾ったことがもうひとつあった。

「次は五日後、同じ刻限だ」

別れぎわ、やくざ風の男は念を押した。おそらくまた金を渡すか、悪巧みの相談でもしにいくのだろう。確かめることにして、ちびたちを玄太と三治に預けてきた。足手まといになるから、由次郎にはついてこないよう含めてある。

八つ半をまわったころ、蓬莱屋の暖簾を分けて女が出てくると、傍らの勝平にうなずいた。おれはあらかじめ、内儀の顔を由次郎に教えられていたが、初見の勝平は、

「なんか……婆さまに似てねえか？」と、首をすくめた。

歳は三十前後だろう。若い分いかめしさには欠けるものの、背筋のしゃんとしたところとか、ふとした拍子にこめかみに筋が浮きそうな顔つきは、たしかに似てなくもない。

「どうやら、間違いねえようだ」

お倉《くら》という名のその内儀は、由次郎が述べたとおりの道筋をたどり、大横川に近い寺の

裏手へまわった。仕出し屋の倅にくらべれば、おれたちは倍はすばしこい。気配を悟られずに話のきけそうな場所と見きわめて、数株かたまっている椿の陰に身をひそめた。つややかな緑色の葉の向こう側に、所在なげにひとり佇む内儀が見えた。

「少なくとも蓬莱屋の倅は、目だけはいいようだな」

やがて現れた男は、どう見ても堅気ではなさそうだった。荒《すさ》んだ気配を身にまとった、博打場に行けばごろごろいそうな手合だ。蓬莱屋の内儀を見るなり、頬骨の浮いた顔を下品に歪ませた。

「今日はまた、いい秋晴れですねえ、おかみさん」

内儀は、挨拶を返さなかった。険しい顔で濃紫の袱紗包みを、ずいと相手に突きつける。

男が手の上で布をひらき、小判を三枚ひらひらさせた。

「お願いですから、もうこれで勘弁してください！」

「この前は四両だ。蓬莱屋ほどの身代にしちゃ、ずいぶんとしみったれてやがる」

椿の葉陰で、勝平と顔を見合わせる。どうやら由次郎の見込みとは、話が違うようだ。

ふっくらとした唇をきゅっと噛みしめて、内儀は気丈に男をにらみつけた。

「そんな怖い顔をなさらなくとも、こいつはちゃあんと預からせていただきやすから」

男が着物の懐から何かを出して、ぽーんと上に放った。一瞬見えたそれは、布袋のようだ。くすんだ茶色の、大きめの守袋ほどの巾着だった。

「返して！　後生ですから、返してください！」

伸ばされた白い手をふり払い、男はまた大事な打出の小槌を胸にしまい込んだ。

「おかみさん、坊ちゃんにこれを見せればどうなるか……」

「由次郎さんにだけは、近づかないで！」

風で煽られた布がひるがえるように、内儀の顔色がたちまち変わった。

「わかっていますとも。坊ちゃんにだけは、知られたくないんですよね」

男の嫌な笑みが、顔いっぱいに広がった。

「あっしのことは、旦那にも内緒なんでしょ。だったらこの前も言ったとおり、旦那が戻る前に、まとまった金子を用立てる方がはやい」

男はなれなれしく内儀の肩をたたくと、また五日後と日を限り、その場を離れていった。

無言でひとつうなずいて、勝平がすばやく繁みを出ていく。

それまで背に通っていた芯をなくしたように、内儀はくたりとくずおれて膝をついた。

御納戸色の地味な着物の背は、長いあいだ震えていた。

「登美の言ったとおりだった。倅の話は半分しか当たってねえ」

晩方、勝平は、その日の首尾を柾さまの前で披露した。おれはロクとタヨを寝かしつけてから、あやめ長屋へ出向いた。

「つまり、男女でつるんでいるわけでなく、内儀は脅されているだけということか」

「しかもそれは、誰より倅に知られたくねえことらしい」

「子供にきかせたくない、そういう類なのかもしれないな」

柾さまは考え込むと、男の仔細をたずねた。

「あいつは笠七《かさしち》ってえ博打打ちだった。といっても、やくざのいちばん下っ端の、そのまた下っ端くれえのしょうもねえ野郎だよ」

勝平は男の後をつけ、内儀と会っていた寺裏に近い塒《ねぐら》をつきとめてきた。

「なあ、勝平、助けてやっちゃくれねえか。由次郎はともかく、このままじゃ継母が可哀相だ」

しばらくうずくまっていたときよりも、立ち上がって涙をぬぐい、また背中に芯を入れなおして帰っていった姿のほうが、痛ましくてならなかった。

「そうだな、あんなダニのようなヤツが、でかいツラしてのさばっているのも癪《しゃく》だしな」

「おれが行って、逆に脅してこようか？」

柾さまは傍らにある刀に目を落とし、悪戯気な顔をした。

「まずは強請《ゆすり》の種を暴かねえと。柾さまの出番はその後だ」

蓬莱屋の内儀が話してくれれば、いちばん手っ取り早いのだが、まず無理だろう。

「勝平、あいつが内儀の前でちらつかせた布袋があったろ。あの中身を見せてもらえば、わかるんじゃねえか？」

「見せてもらうってもなあ……なにかいい策でもあるのか、登美？」

「おれがやれば、策なんていらね」

じっと見つめると、あ、と勝平の口があいた。どうやらこっちの意を汲んでくれたようだ。柾さまだけは、合点のゆかぬふうに首をかしげている。おれが話してきかせると、

「それは駄目だ！」

案の定、やわらかな目許がたちまち険しくなった。

「登美にそんなことをさせるくらいなら、刀にものを言わせるほうがまだましだ。なにより、母上に申し訳がたたない」

「だから、婆さまには黙っていてくれ」

「あたりまえだ。卒中でも起こされてはかなわんからな。おれがきいてしまったからには、許すわけには……」

「まあ、待ってくれ、柾さま」

めずらしく必死の形相の柾さまを、勝平がなだめた。

「登美の腕は折り紙つきだ。おれや仲間も力を貸す。登美ひとりを危ない目なぞに遭わせねえ」

柾さまを説き伏せるのには、ずいぶんと長くかかった。勝平が細かな手筈をならべたて、どうにか承知させたときには、そろそろ木戸が閉まる刻限になっていた。

暇を告げて障子戸をあけたとき、吹き込んできた風が、座敷のすみに重ねてあった似顔絵の束を巻き上げた。部屋中に散った紙を三人で拾いあつめ、中の一枚を手にした勝平が動きを止めた。

「なあ、柾さま……この女、お蘭って言ったっけ、柾さまの仇なんだろ？」

きれいな若い女の絵だった。正面からこちらに向けられた笑顔には、仇なんて物騒な気配はどこにもない。柾さまは、黙って絵の束を整えている。

「鼻先に刀傷のある侍と、一緒に逃げてるんだろ？」

柾さまが商売している浅草に、おれも二度ほど行ったことがある。何枚も絵がかけられた竿の天辺には、必ずこの若い女の絵がかかげられ、それとならぶようにして、隣の竿のいちばん上には鼻頭に傷のある、こちらは目のきつい怖そうな侍の顔があった。

この男女は柾さまの仇で、わざわざ似顔絵を飾っているのも、ふたりの行方を探すためらしいと、勝平や仲間たちからきいていた。

「こいつらの顔をさ、もっとたくさん描いてくれよ。おれたちは十五人もいるし、毎日あちこちで稲荷を売り歩いてるんだ。皆で探せば、きっとすぐに……」

「勝平、この前も言ったはずだ。この件には関わるなと」

まるで沼の底から絞り出したような、低くくぐもった声がした。

「けど、待ってるだけじゃ埒があかないし、顔を覚えておけば、きっと役に……」

「勝平！」

柾さまに怒鳴られたことなど、初めてだった。

「いいか、決してこのふたりに近づくな。関われば死ぬぞ……おまえも、おまえの仲間も」

きつい言葉を吐きながら、行灯の火影《ほかげ》に浮かんだ横顔はとても悲しそうに見えた。

「悪かったな、大きな声を出して」

あやめ長屋の木戸を出ると、柾さまはぽつんとあやまった。海辺大工町までは川を越えてすぐだけど、遅い刻限だったから送ってもらうことになった。

「あんな脅し文句じゃや、勝平はかえって張り切りだすぞ」

「困ったな……やはり似顔絵など、見せるべきではなかったたな」

本当に窮しているようで、柾さまはとても大きなため息をついた。

勝平は頭がいい。大人でさえ難儀なことも、その気になればたいがいのことはやってのける。だから心配なんだ、と柾さまは呟いた。

「やめてくれと、勝平に泣いて頼めるか？」

「おれが、泣くのか？」

「それが無理なら、あとは理詰めでいくしかね。死ぬだの危ういだの言われても、どう危ういのかわからねば怖がりようがね」

小名木川に出ると、道を右に曲がった。ここを渡れば長屋なのだが、橋までまわり道をしなければならない。

うすい木綿からさし込む川風の冷たさに、ぶるりとひとつ身震いすると、柾さまは足をとめ、脱いだ羽織を着せかけてくれた。

「鼻に傷のある侍はまだしも、女の方はどうやっても危なそうには見えね」

「本当に怖いのは、あの女だ」

思わずふり仰いだ顔は、弱い月明かりの影になってわからなかった。

「お蘭には、邪《よこしま》な力がある。男をからめ取り、意のままにあやつるんだ。勝平だって、男にはかわりない。だから決して、近づいてほしくないんだ」

その女は男のいちばん弱いところをよく知っている。そこを攻められれば、どんなに強い剣豪も立派な殿さまも、赤子同然になるという。

「よくわからねえけど……つまり、男と女のことか？」

そういうことだ、とうなずいて、柾さまはまた歩き出した。子供にきかせる話ではないし、言ったところで、女の危うさも伝わらない。逆に興をひくのが落ちだから、いままで話さなかったと力なく告げた。

「……柾さまも、その女に引っ掛ったのか？」

「引っ掛ったと言われれば、そうかもしれんが、お蘭という女は金のためにしか動かないからな。貧乏御家人の冷や飯食いが幸いして、おれは何もされなかったが」

狙われたのは、柾さまの剣術の師匠だった。大身旗本のご次男で、大きな道場を持ち、弟子の数も多かった。お蘭はその後添いとなり、師範代と謀《はか》って師匠を殺し、一切の財をうばって逃げた。柾さまが十九のときのことだという。

「どうしてその仇討ちを、柾さまがするんだ？」

『ふらふら病』だと称して、足かけ六年以上も旅をしながら仇の行方を追っている。いま江戸に留まっているのも、ふたりが舞い戻ったという噂をきいたためのようだ。

「お蘭に最初に会ったのは、このおれなんだ。おれの名を使って、道場に女中として雇われた……わずか三月で後添いに納まり、それからふた月もせぬうちに師匠は死んだ」

怖い話のはずが、柾さまの羽織からかすかに香るやさしいにおいにくるまれていると、ひどく切ないものにきこえた。

「おれはお蘭の正体に、最後まで気づかなかった。あんなとんでもない女を引き合わせ、師匠の命を縮めてしまった」

泥のようなその悔いは、柾さまにこびりついて離れないのだろう。何も言えず、海辺大工町の長屋の前にくると羽織を返した。

「こんな話につきあわせて、すまなかったな、登美」

頭におかれた手から、羽織と同じやさしいにおいがした。


「いいか、登美、しくじっても一回きりにしろ。きっとだぞ」

勝平にうなずいて、ぶらぶらと出店をながめる男の姿を、ちらりと横目で確かめた。

笠七の住まう長屋から近い、寺の前だった。この辺りには大きな寺が三つあり、門前はいつも賑わっている。

おれたちは玄太と三治と四人で、子供が群がる飴細工屋の前にいた。ひょろりと長い腕と脚を扱いかねているような、妙に据わりの悪い歩き方で笠七が近づいてくる。

あれからまた五日が過ぎていた。笠七はこの前と同じように、蓬莱屋の内儀から金をせしめた後だった。帰りは塒《ねぐら》への近道にあたる、ここを通るはずで、内儀の前でちらつかせた脅しの種は懐にある。

笠七からこれを掏摸取るのが、おれの役目だ。

おれたちは以前、泥棒やかっぱらいで食いつないでいた。中でも掏摸の腕前は、誰よりおれが抜きん出ていた。それを知っていたからこそ、勝平はこの案に乗ったのだ。

男がおれたちの背中を通った。そのとたん、いちばん後ろにいた玄太がよろめいた。

「わっ！」

骨を皮でくるんだような笠七は、玄太の大きなからだを受けとめきれず、そのまま地面に押しつぶされた。

「てめえ、このガキ、さっさとどきやがれっ！」

鶏がらのような手足を無様にばたつかせる男の上から、すまねえと呟いて、玄太がのっそりと起き上がる。おれはすかさず、笠七の傍へ寄った。

「大丈夫か、怪我はねえか」

玄太と一緒に助け起こすふりをしながら、あばらの浮いた胸がのぞく懐に、二本の指を差し入れた。着物とはちがう布が指先にふれ、はさんだ指を迷わず引いた。一瞬のうちに目当てのものだと確かめて、すばやく背中にまわすと、布袋はすぐにおれの手からなくなった。なにくわぬようすで遠ざかる、三治の後ろ姿が目の端に映った。

念入りに頭を下げた玄太とともに、少し離れた出店の裏側へまわると、勝平と三治は先にきて待っていた。

「さすがは、登美だ。腕は衰えちゃいねえようだな」

婆さまがきいたら卒倒しかねない褒め文句を、三治が口にする。手の上の布袋を、勝平がとりあげた。

「こいつは、錦だったのか」

遠目では小汚い布切れに見えていたが、ごく細い金銀の糸を織り込んだ分厚い布だった。中には小さな紙切れと、やはり紙で大事そうに包まれたものが入っていた。

「こいつは……！」

勝平が言葉を失って、まじまじと見つめた。

「……そういうことだったのか」

ほうっと息を吐いた勝平の顔を、三治が気忙しげにのぞき込む。

「どうする、勝平。これ、やっぱりあいつに返すのか」

「そうしなけりゃ、泥棒になっちまうだろ」

おれが言い立てると、横で玄太が待ったをかける。

「けど、こいつはもともと蓬莱屋のもんだろう？　もとの持ち主に返すのが筋ってもんじゃねえか？」

ううん、と四人で考え込んだ。おれたちには難しい思案だが、時は限られている。

「だめだ、婆さまの顔が浮かんで仕方ねえ。やっぱり、この袋はあいつに戻そう」

勝平は結局、笠七を追いかけて、飴屋の前で拾ったと、最初に立てた筋書きどおりの台詞を述べた。


「内儀に会いたいのだが」

翌日、勝平に頼まれて、柾さまは蓬莱屋を訪れた。空はからりと晴れているのに、風の冷たさは冬を思わせる。奥へ通されると、柾さまは内儀の前で懐を探った。

「これを、お返ししようと思ってな」

「これは……！」

とり出したのは、布袋に入っていた紙片と小さな包みだった。隣の座敷からこっそり窺っていたおれと勝平は、目だけでうなずき合った。勝平は、中身をすり替えた袋を笠七に返したのだ。

「由次郎殿は、お内儀の実の子供だったのだな」

柾さまから受けとったものを胸に抱き、内儀はくずれるように畳に手をついた。

それは、由次郎の実のふた親の名を書いた紙と、臍の緒だった。肌身離さず持っていたが、往来で落としてしまい笠七に拾われたという。柾さまは、たまたま出会った笠七から手に入れて、余計な節介でここへ持参したと告げた。

「あの男にも灸をすえてやるから、もう厄介なことにはならぬだろうよ」

内儀は新手の強請かと怯えていたが、柾さまが礼金を丁寧にことわると、ようやく肩の力を抜いた。このお侍の人好きのする笑顔は、どんな相手にも効き目がある。

「主人とは、新橋の料理屋で仲居をしていたときに出会いました。もう、十三年も前のことです」

長いこと腹にためてあったものを吐き出すように、内儀は話し出した。

蓬莱屋の旦那との仲が二年ほど続いた頃、いまの内儀であるお倉さんは身籠った。それを旦那に告げたところ、思ってもみなかった相手が訪ねてきた。

「蓬莱屋の、前のおかみさんでした。主人からきいたのでしょうが、私のことはなんら咎めることもせず……おやさしい方でした」

腹の子を己の子として育てたいと、前の内儀は申し入れた。すでに二度、子を流し、子供の望めないからだだったそうだ。

「それにしても、わざわざ腹に詰めものをして、使用人まで欺くとは」

「何もかも生まれた子を守るため、疵ひとつない蓬萊屋の跡取りにするための一念と、私はいまでもそう信じています」

　書付を入れた錦袋も、前の内儀が寄越してくれたもので、唯一、手許に残していた臍の緒を、一緒に入れて大事にしてきた。

　由次郎を誰よりも可愛がり、由次郎のために後添いに入ってほしいと願った先妻を、お倉さんは有難く思っているようだった。

「十年ぶりに会った我が子にしては、少しばかり素っ気ないと、これは噂できいたのだが」

「前のおかみさんに甘やかされて、あの子はすっかりわがままに育ってしまいました……。恨み言じゃあないんです。なさぬ仲の子を、それほどまで慈《いつく》しんでくれたことには頭が下がります。だからこそ私の手で、蓬萊屋の立派な跡継ぎにしてやろうと……それが死んだおかみさんへの、ただひとつのご恩返しだと」

「だが、それで己が子に疎まれては、割に合わぬだろう」

我が子と一緒に暮らせるなんて、夢にも思っていなかった。それだけで十分だと、内儀は初めて、幸せそうな笑顔を浮かべた。

「私のことはいいんです。産み育ててくれたやさしい人が、たったひとりの母親だと、そう信じられる方が、由次郎は幸せに生きてゆけますから」

柾さまの顔が、少しだけ曇った。申し訳なさそうに、ちらりとこちらを見る。

「由次郎……」

おれは覗いていた襖から顔を離してふり向いた。蓬莱屋の倅は、白い顔をうつむかせ、膝上で両の拳を握りしめていた。


「びっくりさせて、悪かったな」

由次郎を促して、勝平とともに表へ出ると、おれはまずあやまった。最後まで迷っていた柾さまと勝平を承知させ、由次郎を隣座敷に潜ませたのはおれだった。

「私は、あんな話、ききたくなかった！」

涙目で訴える倅に、勝平が気遣わしげな眼差しを送る。

「知っていた方が、おめのためにはいいと、そう思ったんだ」

このままいけば、由次郎はきっと、うまくゆかないことをみんな新しい母親のせいにしかねない。甘いものばかりで作られたふやけた肝に、芯を埋め込むにはこれしかないと、おれは考えた。

「由次郎、いまきいた話は、決して明かすな。あの実のおっかさんにもだ」

「……どうしてだ、登美」

「ふたりのおっかさんを守るためだ。おめが騙されてやらなけりゃ、ふたりの気持ちが無駄になる」

「だったら、なぜわざわざ私に教えるような真似を……！」

「おめひとりが、楽をしてはいけね」

言葉の足りないおれを、勝平が横から助けてくれた。

「おまえは蓬萊屋の跡取りになるんだろ？　大人になるまで、あのおっかさんに隠しおおせれば、商人にいちばん大事なこともわかる」

騙されたと思って、ひとまず手習いなぞを精進しろと、勝平はどうにか由次郎を説き伏せた。

「話はついたか」

気がつくと、柾さまが後ろに立っていた。うなずくと、白い歯を見せる。

「では、笠七とやらに、灸をすえにいこうか」

柾さまはその足で、寺裏に近い長屋へ出向き、強請った男を存分に脅してくれた。頭の天辺から刀をふり下ろされて、帯だけ切られた笠七はその場にへたり込み、中身が偽物の錦袋まで返してよこした。

「もし蓬萊屋によからぬ噂でも立てば、すぐに町方におまえを引きわたす。いや、その前に、おれが斬るほうが早いか」

柾さまに散々すごまれて、笠七は金輪際あの仕出し屋にはかかわらぬと泣きを入れた。

やはり一部始終を物陰から見ていたおれたちは、顔を合わせてにんまりした。

「あの登美のやり口は、なんだか婆さまみてえだった」

長屋への帰り道、勝平がふり返った。

「ひょっとして、登美は大人になったら、あんなふうになるんじゃねえか」

「それは勘弁してくれ。母上がこれ以上増えては、こちらがかなわん」

本気で危ぶむふたりの後ろで、それも悪くないなとこたえてやった。

「登美、できたのか？」

さし出した稲荷鮨を、由次郎はうれしそうに手にとった。

あの一件からしばらくは、やっぱり竪川沿いで由次郎とはよく顔を合わせた。前とあまり変わりばえのせぬ愚痴や、内緒事を胸にしまっておく辛さなどを訴えていたが、だんだんとそれも間遠になって、ある日ぽつんと言った。

「この前、うたた寝をしてたとき……おれの頭、撫でてくれた」

途中で気づいたけれど、おっかさんが行ってしまうまで、由次郎は寝たふりをしていた。それから時々、わざと遅い刻限まで机に向かっては、狸寝入りをしているらしい。その話をきいた日以来、姿を見なくなった。

ひょっこり現れたのは、十日ほど前のことだ。師走に入り、街は慌しさを増していたが、久しぶりに会った由次郎は、ずいぶんと落ち着いて見えた。

「稲荷鮨の礼をする約束だったろう。忘れていたわけじゃなく、なかなかうまい種が浮かばなかったんだ」

正月用の鮨の種を考えてほしいと、由次郎にはそう頼んであった。仕出し屋の倅はなかなか面白いことを思いつき、勝平や婆さまに話すと、あれこれ工夫しながら試しの品を作ってくれた。今日はその稲荷鮨を、持ってきたのだ。

「あ、本当に入ってる！」

ひと口かじった由次郎から、はずんだ声があがった。手にしたかじりかけの稲荷からはもうひとつ、油揚げの小さな丸い玉が覗いていた。その玉を口に入れると、倅の顔がとろけそうにほころんだ。

「うまい。これはうまいよ、登美」

小さな餅玉を、かるくあぶった油揚げでくるみ、稲荷鮨の中に入れる。正月らしい上に楽しいと、由次郎の思いつきを勝平は大いにほめた。

「あれ、こっちは紅い餅だ」

もうひとつ頬張って、由次郎はびっくりする。

「十個にひとつ、紅い餅を入れることにしたんだ。富くじみたいで面白いだろ」

これは商売上手な勝平の知恵だ。婆さまとご新造さまはいくつか試して、赤飯に使うささげで色をつけた。おれの田舎じゃ小豆だったけど、ふたつに割れやすい小豆は切腹につながるもんで、武家の多い江戸ではささげが好まれるそうだ。

「子持稲荷って呼ぶことにした。名はおれが決めたんだ」

「そうか……いい名だな」

稲荷鮨の中の紅い餅玉をながめ、由次郎はしんみりとした顔をした。

「いまの私も、これと同じだ」

のこりを平らげると、由次郎は指を舐めることはせず懐から手拭いを出した。一緒に小さな包みを出して、傍らに突っ立っていたロクとタヨの手にのせる。

「いただきもののお干菓子だ。まだたんとあるから、他の仲間にも持っていくといい」

愛想よく微笑まれ、ロクとタヨは目を丸くして倅を見上げている。

「いまはこんな礼しかできないけど、いつか私が店を継いだら……」

「いいよ、別に。子持稲荷を考えてくれたから、これで貸し借りなしだ」

「そうじゃなく……私が立派な跡取りになったら、蓬萊屋に来てほしいんだ」

「せっかくだけど、奉公はごめんだ」

「使用人じゃなく、その……嫁に来てほしいと……」

ロクとタヨの目がさらに広がって、ばつが悪くなったのか、由次郎は菓子の袋をおれに渡してそそくさと行ってしまった。

「登美、ヤなヤツの嫁になるのか？」

「なるのか？」

心細げに見上げるふたりの頭を、わしゃわしゃと撫でた。

「そんなことはね。おれはずうっとロクとタヨと一緒だもの」

ふたりは安堵したように、菊の花の形をした菓子にかじりついた。

師走の風にあおられた回向院の門前は、いつにも増してにぎやかだった。

花童

ほんの少し前まで、あたしはとっても幸せだった。

おっかちゃんと離ればなれになって三年にもなるし、毎日働きどおしだし、きれいな着物も着られないけど、そんなことちっともかまわなかった。暮らしの面倒は勝平やテンが見てくれて、飯は長谷部の家でたんといただける。なによりも、ハチの傍に一日中いられることが、うれしくてならなかった。

ハチのもともとの名は誰も知らない。名付け親は勝平で、人別帳にあげるとき、長谷部の婆さまから八之助《はちのすけ》という立派な名をいただいた。どこぞの役者みたいで、ハチにはぴったりだ。でも、当のハチが嫌がるものだから、前と同じに呼んでいる。

どんなに着飾ったお大名の若さまも、きっとハチにはかなわない。男衆《おとこし》はもちろん、そこいらの小町娘にだって負けないほど、ハチはきれいで品がいい。長い睫毛とか、すっとした鼻の線とかをながめているだけで、ため息が出た。こんな男前と夫婦になれると思うだけで、ふわふわした心地になれた。

「いくら伊根が望んでも、ハチは嫁さんにはしねえと思うぞ」

惣介に言われても、あたしはまったく動じなかった。

惣介は勝平と同じ、あやめ長屋に住んでいる。あたしと同じ九つとはいえ、惣介はまだ子供だし、ハチと始終一緒にいるのは、ハチの妹の花をのぞけばあたしだけだ。ハチはあたしの言うことなら何でもきくし、他の娘なぞ見向きもしない。あたしより他の誰が、ハチの嫁さまになれるだろう。

「そいつは、勝平が言ったからだろ。伊根の指図に従えって」

ぷっと頰をふくらませた。惣介は、いつからこんな意地悪になったんだろう。

ハチと花が仲間になったのは、一年と半年前だ。その頃のハチは、木彫の置物のようだった。ひと言も口をきかず、花の面倒を見るときより他は何もしようとせず、勝平の声でのみ動く、からくり人形のようだった。

「ハチ、今日から商売のあいだは、伊根の言うとおりにしろ」

稲荷商いの組分けをして、勝平がそう命じたときは、天にものぼる心地がした。

「伊根は小さいけどしっかり者だ。金勘定も売り口上も仕込んでおいた。おまえは天秤棒をかついでいればいい」

天秤棒をかついだハチは、妹の花を連れ、黙ってあたしの後ろをついてあるく。稲荷をいくつ包めとか、二十文お代をもらえとか、道行く娘が見惚れるほどのハチが、あたしの意のままに動くのだ。ぞくぞくするほど、うれしかった。

「けど、ハチがいちばん大事なのは、伊根じゃなくて花だろ」

「そんなことわかってる！　妹なんだから、あたりまえだ！」

いつになくしつこい惣介に、堪忍袋の緒が切れた。

「いくら大事だって、妹を嫁にはできないもの。だからハチの嫁さまになるのは……」

惣介がなにか叫んで、急に耳鳴りがした。きいんきいんとうるさくて、よくきこえない。

「昨日の晩、勝平と玄太が話してたんだ。おれたちが寝てると思ってたんだろ、ずうっと聞き耳を立てていたから間違いないよ」

「……いまの……よく、きこえなかった」

「だから、ハチと花は、ほんとの兄妹じゃないんだよ」

真上にある曇った空が、足許の地面と入れ替わったような気がした。

「伊根、具合でも悪いのか？　ここんとこようすがおかしいって、ツネが案じていたぞ」

刺すように冷たい木枯らしが、思い出したように強く吹きつける。木綿の襟元を握りしめていた手から、急に力が抜けた。

「ツネか……」

いっとう先に気づいてくれたのが、五歳のツネだと思うと、情けなくてならなかった。

皆で朝餉をとる前に、勝平はあたしを長谷部家の裏庭に連れてきた。貧乏御家人とはいっても、お屋敷も庭も広々している。

「別に……なんでもない……」

「なんでもないって顔じゃねえぞ」

勝平がひょいと腰をかがめ、あたしの顔をのぞき込む。丸い大きな目が、まるで鏡のようだ。気持ちの奥まで映されたようで、気づけば口をついていた。

「組替えしたいって、どういうことだ、伊根？」

きいた勝平は、呆気にとられている。惣介から話をきいて、五日ばかりが過ぎていた。

「……ずっとふたりと一緒だから、飽いたんだ」

「おめえが、ハチに飽いたって？」

あたしがハチを好いてることは、勝平もよく知っている。

「だって他の組とちがって、あたしのとこだけ誰も当てにできないし……みんなあたしがやらなきゃいけないし……」

「うん、だからハチと組ませるのは、伊根しかいねえと思ったんだ」

「皆も大きくなったんだから、たとえば惣介と組ませるとか」

「惣介はなあ、口が達者じゃねえから客を捌けるかどうか……」

「あたしと同い歳なのに、どうして惣介ばかり楽できるの！　そんなのずるい！」

勝平が、初めて真顔になった。あたしの前に、しゃがみ込む。

「伊根、何かあったのか？　ハチや花が手間をかけたか？　惣介と喧嘩したのか？」

下から見上げる勝平に、無闇に首をふる。

「気づいてやれなくて、悪かったな、伊根」

あたしの思いを見透かしたように、勝平は調子を変えた。

「テンは忙しいから、おれが気をつけてやらなきゃいけなかったのに」

あたしは南森下町の長屋で、ハチの兄妹とツネ、それとテンと一緒に暮らしている。算盤が達者なテンだけは、稲荷売りはせずに金貸しの手伝いをしている。帰りも遅いもんだから、慌しい朝にしか顔を合わせることがない。

「愚痴でも文句でもかまわねえ。おれには何でも話せって言ったろ？　一緒に母ちゃんを待つあいだ、おれが代わりに何でもきくって約束したろ？」

そうだ。おっかちゃんとはぐれてから、あたしはずっと勝平を頼りにしてきた。ずっと味方だと信じていた。なのに勝平は、花がハチの妹じゃないと隠してた。

「なにもない。ただ、別の誰かと組みたいだけだ」

言い張ると、勝平は諦めて立ち上がった。

「わかった、考えておく。けど、すぐには無理だ。もうしばらく我慢できるか？」

本当は一日だって嫌だけど、仕方ない。うなずいて、ひとりでさっさと台所に戻った。

広い板敷にずらりと膳がならび、皆が顔をそろえている。

席につくと、隣の花がにこにこと笑いかけてきた。ふっくらした頰に赤味がさしていて、瞳がつぶらで口許があどけない。花は誰が見ても、とてもかわいい。

あたしもずっと、花をかわいがってきた。花は並の子供とは違うのだから、やさしくしてやるのはあたりまえだと、そう思っていた。

「花」

ハチが湯気のたつみそ汁の椀を、妹の膳においた。花がよそ見をしていたから、気をつけろと言ったつもりなんだろう。

先には何もしゃべらなかったハチも、ウンとイヤだけは言うようになった。その素っ気ないふた言だけで、たいがいの事は足りるみたいだ。他にハチが口を開くのは、いまみたく、妹の名前を呼ぶときだけだ。その声だけが、とてもやさしい。

いくら呼んだって、花は返事をしないのに。

口をききたがらないハチと違って、花は本当に言葉が出ない。ツネと同じ五つになるから、知恵が足りないんだろうと、皆ひどく不憫がっている。婆さまが教えてくれる手習いに加わらないのも、いちばん小さい三つのタヨと花だけだ。

タヨは母親代わりの登美に張りついて、邪魔ばかりする。登美の読み書きが上達しないのは、たぶんそのためだ。

花はタヨと違って、ずっと大人しくしている。それが妙だと思えてきたのは、少し前からだ。

いつもハチの傍を離れない花が、手習いのあいだだけ、三治の横にいることが多い。三治は誰より読み書きができるから、ひとりだけ難しい字を習っている。花はそれを、ずうっとながめている。

「入り組んだ字の形が、花には面白いのかもしれませんね」

婆さまは言っていたけれど、あたしは違うことを思いついた。惣介の話をきいてから、それがいっそう気がかりになった。

「西平野町の『からん堂』って古道具屋だ。ちっと重いけど頼んだぞ」

稲荷鮨が五十入った風呂敷包みを、勝平から受けとった。

「あそこのご隠居と見知りになってな、うちの味を気に入ってくれたんだ。還暦の祝膳《いわいぜん》に添えるから、届けてほしいと頼まれた。ちゃんと挨拶できるな、伊根？」

あたしたちの持ち場は、仙台堀の両袖になる。さっきあんなことを言ったばかりだから、勝平は気遣わしげな顔をしたが、そのままあたしたちを送り出した。

「えっと……飛脚問屋の角を曲がって、二本入ったところだときいたから、この辺りのはずだけど……」

西平野町は毎日通っているけれど、裏通りは初めてだ。『からん堂』の看板が、なかなか見つからない。誰かにたずねようと辺りを見回したとき、花の小さな手に、着物の袖を引っぱられた。にこりと笑い、あいた手でななめ前を指差す。

「え？　なに？」

突っ立っていると、今度はあたしの手を引いて、示した方角へと歩き出す。わずか三軒先に、目当ての古物屋があった。

間口が狭く、中も暗くてよく見えない。古びた看板に『嘉藍堂』とあるだけだ。花はどうして、この店を見つけることができたんだろう。嬉しそうにこちらを見上げるあどけない顔に、ひやりとした。

おかしなことは、その日の夕方にも起きた。

「すまねえ、これしかねえんだが、釣りは出るかい？」

籠に残った品を総ざらえしてくれるという有難い客だった。稼いだ後だから文銭も多い。大丈夫だと請け合って一朱銀を受けとったものの、算術のほうが間に合わない。稲荷ひとつを波銭一枚、四文にしてあるために、釣りが出ることなぞほとんどないからだ。

「えっと、お代は四十八文で……一朱から引いて、お釣りは波銭だから……」

花が両手で、ずしりと重い波銭のかたまりを寄越した。手の上でそれを数えると、

「お、ぴったりじゃねえか。小さいのに賢いな」

一緒に数えていたらしい仕事帰りの職人は、あたしと花をほめて腰を上げた。

今度こそ本当にぞっとした。同じことが、前にも二度ほどあった。だから気づいた。花は知恵が足りないんじゃない。言葉をしゃべれないだけで、頭はあたしよりもずっといいんだ。古物屋の看板も読めるし、勘定もすばやい。

さっさと後片付けをはじめたハチを、おそるおそるながめた。

たぶんこのことは、仲間の誰も知らないはずだ。日がな一日、花と一緒にいるのは、あたしとハチだけだから。ハチは、気づいているだろうか。知らないはずはない。

「ハチ……」

ハチの頭がふり向いて、黒く滑らかな石のような目が、まっすぐにこちらを見た。返事をするようになっても、顔になにも出ないところは相変わらずだ。笑いも泣きもしないハ

チが、一度だけ血相を変えたことがある。

去年の富岡八幡の祭りのときだ。酔っぱらいが花にちょっかいをかけて、ハチはその男を天秤棒で滅多打ちにした。思い出すだけで、膝が震える。目はつり上がり、歪んだ唇から歯をむき出して、あれはまさに狐憑きのようだった。

ハチは黙って、こっちを見ている。とろりとした沼の水面のような、この佇まいを変えられるのは、この世で唯一、花だけだ。

「……帰ろうか」

それだけ言って、立ち上がった。頭の良し悪しなど、ハチにとってはどうでもいいことだ。役に立とうが立つまいが、かわいい花には変わりない。

ハチは少しだけ間をおいて、それからこくりとうなずいた。

その晩、久々に、おっかちゃんの夢を見た。よく覚えていないけど、起きたときにはなんだかくたびれていた。外はどんよりと曇っていて、よけいに気が滅入った。

勝平と出会ったのは、ちょうどこんな日だった。回向院の門前で、あたしはおっかちゃんを待っていた。回向院だと知ったのは、ずっと後になってからだ。舟に乗ったのも、おっかちゃんと遠出をしたのも、それが初めてだった。

「おまえ、昼過ぎからずっとここにいるよな。迷子か？」

「違う、おっかちゃんがここで待ってろって言ったの」

「ふうん、母ちゃんのほうが迷子なのか」

その日からずっと、おっかちゃんは迷子のままだ。

捨てられたと言う人もいるけど、そんなはずはない。だってあたしは、ずっといい子にしてた。おっかちゃんがきれいにお化粧して働きにいくあいだ、ちゃんとお留守番をして、面倒をかけぬよう、わがままを言わぬよう気をつけた。時々家にくるおじさんが、怖いことを言ってたからだ。

「あんなガキ置いてよ、おれと一緒に行かねえか」

幾月かごとにおじさんの顔ぶれは変わったけれど、寝たふりをしていると、似たような話がたびたびきこえた。あんなにいい子にしてたのに、置いていかれるはずがない。

梃子《てこ》でも動かないとわかると、勝平はあたしにつきあって、ひと晩一緒にいてくれた。

「木戸が閉まっちゃ、母ちゃんだって来ようがないだろ」

次の日からは、晩は勝平たちの塒《ねぐら》で眠るようになったけど、昼間は回向院の門前に通った。勝平は仲間と交代で、あたしの気が済むまでつきあってくれた。

「おまえの母ちゃんは迷った揚句に、うんと遠くまで行っちまったんだ。帰ってくるにも、きっとまだまだかかる。だからおれたちと一緒に気長に待とうぜ」

勝平にそう言われ、門前に通うのをやめたのは何日目だったろう。


朝方の重そうな雲が切れて、お陽さまが顔をのぞかせた。

気塞ぎのまま朝の商いを終わらせて、いったん長谷部の家に戻った。午餉を食べて、新しい稲荷を籠に入れ、出かけようとすると勝平が呼びとめた。

「今日はこの後、浅草へ行っちゃくれねえか。向島のでかい寺で祭礼があってよ。三治の組はそっちにまわすことにしたんだ」

浅草は、三治の持ち場になっている。言い訳は理が通っているけど、なんだか変だ。

「浅草寺《せんそうじ》の前をうろつけば、早く捌けるはずだ。あ、ちゃんと柾さまに挨拶してこいよ」

念を押されたものだから、仕方なく足を向けた。柾さまのことは大好きだけど、いまはあまり会いたくない。

「めずらしい顔ぶれだな。いつもの組にくらべて、だいぶ華やかだ」

浅草広小路の一角へ行くと、柾さまはうれしそうに迎えてくれた。勝平が言ったとおり、一刻ばかりで売り切って、ハチは空の籠を天秤棒から外してぶらさげている。

「あぅ」

花が柾さまの後ろを指さして声をあげた。十枚ほどの似顔絵が、竹竿に並べられている。

「ん？　取ってほしいのか？」

花に乞われるまま、柾さまは次から次へと竿から絵を外していったが、いちばん上にある二枚だけは、申し訳なさそうに断った。

「悪いな、花。これは勘弁してくれ」

きれいな女の人と、鼻の頭に大きな傷のある侍の絵。このふたりが柾さまの仇で、いまも行方を追っているという話は、仲間の口からちらりときいている。

「あー」

花はしつこく食い下がり、しきりに絵を指さす。柾さまの眉が、困ったように下がった。言葉が出ないと、むずかっている赤ん坊のようだ。

そのとき、ハチがひょいと花を抱き上げた。二枚の絵の前に、ちょうど顔がくるようにもち上げる。柾さまはなにか言いかけたが、諦めたようにため息をついた。花はことさら丹念に、絵の中の顔に見入っている。あたりまえのような顔をして、ハチの両手に納まっている。

「伊根」

名前を呼ばれてはっとした。柾さまが、あたしの前に膝をついていた。

「おれも今日は、店仕舞にするよ。せっかく浅草に来たのだから、少し遊んでいかないか？」

いつもと同じにこやかな顔が、ほんの少し違って見える。嫌な目で花を見ていたことに気づいたんだろうか。それとも勝平になにか、言い含められているんだろうか。

「見世物小屋はどうだ？　河童や猫又がいるらしいぞ。それとも、手妻《てづま》のほうがいいか。そういえば、水芸で評判の小屋がある」

気を遣われるのが、かえって苦しくて、どうしても返事ができない。柾さまは助けを求めるようにハチをふり向いたが、花を下ろしたハチは、常のとおり我関せずだ。

「どうした、花？」

窮地を救ったのは花だった。柾さまの袖を引き、道の向こうの茶店を示す。

「団子が食いたいのか？」

花がにっこりする。結局、浅草寺へお参りしてから、茶店に寄ることになった。

ずっといい子だったはずのあたしが、脆《もろ》い土壁のようにぼろぼろと剝がれてくる。あの日から嫌なものばかりが、身内にどんどんふくらんでくる。

——おっかちゃんが、帰ってきますように
いつもそうお願いしていたのに、浅草寺の前で手を合わせると、別の願いが噴き上げた。

——どうか花が、あたしの前から居なくなりますように！

目をぎゅっとつむり、きつくきつく願った。

みんなで食べたお団子は、ちっとも味がしなかった。ようやく一個飲みくだし、膝の上に皿をおく。

境内にある茶店に寄って、二枚の床几《しょうぎ》に向かい合わせに席をとった。あたしの前には、美味しそうに団子を頬張る花がいる。

「久しぶりだな、長谷部殿」

ふいに頭の上で声がした。首が痛くなるほど頭を反らすと、鷹のように鋭い顔がこちらを見下ろしていた。縞の着流しに巻羽織《まきばおり》だから、ひと目で町方役人とわかる。

「これは……高安《たかやす》さま。江戸へ戻って以来ですから、半年ぶりになりますか」

柾さまが腰を上げ、無沙汰を詫びる。小柄な柾さまがならぶと、頭ひとつ違う相手が、よけい大きく見える。

と、柾さまに続いて、ハチが立ち上がった。高安というお役人に、黙って頭を下げる。

「うん？　おまえはたしか……ハチだったか。達者にしていたか？」

ハチがうなずくと、鷹に似た怖そうな顔が、ほんの少しゆるんだ。

「高安さまは、この子をご存じなのですか？」

「前にちょいとな。そうか、おまえたちの世話人は長谷部と言ったな。ひょっとして……」

「はい、私の兄と母が、この子らの面倒を見ています」

「こいつは、うっかりしていた。おれは直に顔を合わせてないから、おめえさんの身内だとは思い至らなかった」

くだけた調子になって、世間は狭いなと笑う。

ハチが見知りの役人というと、たぶん富岡八幡での騒ぎのときだ。酔っぱらいを叩きのめしたハチと一緒に、勝平も捕まって、一時《いっとき》は伝馬町に送られた。やたらとえばる役人が多い中、ひとりだけ、ものわかりのいい与力がいたと、たしか勝平が言っていた。この人が、そうなのかもしれない。

「ちょうどよかった。お蘭と相良《さがら》隼人《はやと》のことだがな……」

「高安さま、その話はここでは……」

柾さまは待っているよう言いおいて、お役人と一緒に茶店を出ていった。

とたんに重苦しいものが降りてくる。それはたぶんあたしだけで、目の前のふたりはいつもと変わらない。花の手についた団子の餡《あん》を、ハチが拭いてやっている。

「ごめん、あたし、先に帰る。これ、食べて」

皿を花に押しつけて、外に出た。ふたりと向かい合うことが、どうしても我慢ならない。もやもやとしたものに追いつかれぬよう、夢中で走った。

「あれ……？」

雷門を抜けたときだった。人の頭の隙間から、柾さまの顔が見えた。高安さまの大きな黒羽織の陰で、門を背にしてうつむいている。その姿が、まるで叱られている子供のようだ。思わずそろそろと近づいていた。

「履き違えるな！　あんたに仇討ちさせるつもりなぞ、これっぽっちもない！」

低い声で怒鳴りつける横顔は、さっきとは面変わりしていた。まっすぐな高い鼻の線と、にらみつける大きな眼《まなこ》は、獲物に食いつく鷹そのものだ。仲間としゃべりに興じている、太ったおじさんの尻の陰で、ぶるりと身震いした。

「大坂《おおさか》をはじめ、あちこちの町方で、おれの名を出してふたりの行方をたずねまわったろう」

「それは……まことに申し訳ないと……」

「長崎奉行所から知らせを受けたときには、さすがに肝が冷えた。あんな遠い地にまで足を運んだ執念にだ。それをあえて捨てておいたのは、おめえさんが江戸に戻ってきたからだ。

ようやく諦めてくれたものかと、胸をなで下ろしたからだ」

叱られている柾さまの顔は、とても静かだった。それがかえって、ひどく恐ろしく思える。

「いいか、仇討免状もないのに私事で連中を殺《あや》めれば、ただでは……」

ふいに腰の辺りに何かが当たった。見つからぬよう、中腰で屈んでいたものだから、よろけた拍子に、目隠しのおじさんの陰から頭がとび出した。ふり向くと、花が笑っていた。その後ろには、ハチも控えている。かっとからだが火照った。

「伊根、花、どうした。待ちくたびれたか？」

柾さまが、気がついた。盗み聞きがばれたようで、恥ずかしくてならない。目の前のふっくらした頰を、ぴっしゃりと張ってやりたい気持ちをこらえ、逃げるように走り出した。

柾さまの声が後ろからしたが、かまわず駆けた。人垣を縫いながら闇雲に走っていると、目の前に大川が広がった。とたんに、ぼろぼろと涙がこぼれる。

耳がちぎれそうな冷たい川風にさらされながら、声をあげて泣いていた。

ひと晩中でも川縁にいるつもりだったのに、日が落ちると野犬の声がして、急に怖くなった。南森下町の長屋には帰りたくないし、柾さまのいるあやめ長屋もばつが悪い。三治や登美のところに泊めてもらおうと、足はそちらに向かっていた。

「伊根！　おめえ、無事だったのか！」

長屋にいたのは三治や登美でなく、勝平だった。

「おい、伊根、花はどうした」

「え、知らないよ……あたし、ずっとひとりだった」

「花は、一緒じゃねえのか！」

勝平が、目を剝いた。大川端にいたことを話しながら、襟や袖口からすうすうとなにかが抜けて、からだがどんどん冷えていく。

「花が戻ってないって……だって、ハチは？　ハチはいつだって花の傍に……」

「花は雷門の前から、おめえを追ったらしいんだ。門前の人垣に邪魔されて、ハチや柾さまは思うように進めなかった。そのあいだに、人込みにまぎれちまったって」

「あ、あたしのせい？　あたしのせいで、花が……」

「バカ！　そんなこと言ってねえ！」

勝平はあたしを叱りつけ、ひとまずあやめ長屋に戻ろうと促した。皆は手分けして、あたしと花を探しまわっているという。

「心配すんな。ちょうど高安さまが一緒だったのは幸いだ。浅草やこの辺りの番屋に手配りしてくれたから、きっとすぐに見つかるさ」

勝平の気休めは、当たらなかった。木戸が閉まる刻限になると、子供は帰るようにとさとされて、皆が空手のまま疲れた顔で戻ってくる。

いちばん最後が、ハチとテンだった。ハチはふたりの男衆に、両脇を抱えられていた。

「木戸を乗り越えようとするもんで往生したぜ。細っこいくせに、まるで狂い犬みてえな暴れようだ。明日の朝まで、縄で縛っておくんだな」

半ば本気なようすで言いおいて、番屋の衆は帰っていった。

ハチは手足を投げ出すようにして、畳に座り込んでいる。まるで捨てられた案山子《かかし》のようだ。見開いた目は、なにも見ていない。

「ハチ……ごめん……」

傍へ行こうとすると、勝平の手が肩にかかった。

「ああなっちゃ、もうダメだ。ハチの魂は、どっかへ行っちまった」

ハチはきっと、花が見つかるまであのままだ。人でないものになって、亡者のように街をさまよい歩くだろう。

「ひとまず玄太を張りつかせておくか……なんとか飯だけは食わせねえと」

「勝平、その役目、おれにやらしてくれないか」

名乗りをあげたのは、テンだった。

「案じる気持ちはわかるが、玄太と違っておめえはからだが小さい。ハチが暴れても……」

「うん、止められない。だから代わりに、ずっと傍にいる。ハチが何をしても、ずっとついているから」

しばらく迷った末に、勝平は承知した。

テンはハチの隣に腰をおろし、床に放り出された手を、そっと握った。

「朝になったら、おれたちも探しに出よう。花は並の子供じゃねえから、よけい心配だ」

「勝平、花は知恵が足りないんじゃない。たぶん、その逆だ」

「なに言ってんだ？　伊根」

花のことを打ち明けても、勝平はなかなか信じてくれなかったが、

「そういや、おれも妙に思ったことがある」

三治が言い出して、手習いのときの話をした。

「婆さまから本を出せと言われると、おれの横にいる花が、先に手にすることがあるんだ」

「本の色柄を、覚えていただけじゃねえのか？」

「三巻ぞろいで、見かけはまったく同じ本でもか？　違うのは、小難しい字の並んだ、書のお題目だけだぞ」

勝平が、うーんと唸った。

「知恵がまわるんだとしたら、帰ってこねえのはいよいよまずいな。かどわかしか、厄介に巻き込まれたか……」

どうやら納得した勝平は、別の心配をしはじめた。

それから三日のあいだ、柾さまに描いてもらった似顔絵を手に、花を探しまわった。長谷部家の皆にも手伝ってもらい、仲間が総出で当たったのに、無駄足に終わった。

ハチとテンは特に帰りが遅く、たった三日で、目に見えるほどやつれてきた。長屋に辿りつくなり、ハチは冬場のきりぎりすのようにぱたりと倒れ、そのまま眠り込んだ。

「大丈夫か、テン、このままじゃおめえのほうが参っちまうぞ」

ようすを見にきた勝平は、力なく飯を食うテンを、しきりと気遣っている。

「おれは平気だけど、ハチのほうは、もう声も出ない。ずっと花の名を呼びつづけているからな」

テンは不憫そうに、背を丸めて眠るハチに目を向けた。悪い夢でも見ているのか、時折、びくりびくりと肩がひくつく。

「テン、向島の辺りはまわったか？」

出し抜けの問いに、不思議そうな顔をしながらも、テンはうなずいた。浅草、下谷から上野、神田とまわっても見つからなかったものだから、川を渡った本所から向島まで、花の名を呼びながら、ハチは闇雲に歩きつづけた。

「向島は広いから、くまなくとはいかないけれど、それでも結構歩いたよ」

そうか、と言ったきり、腕を組んで黙り込む。思案するときの勝平の癖だから、そのままにしておいた。勝平が顔を上げたのは、テンが飯を済ませた後だった。

「伊根、おめえは明日から、惣介と一緒に向島で商売しろ」

「こんなときに稲荷売りなぞ……できないよ、勝平」

「まあ、待て。こいつは儲けのためじゃない、花を見つけるための策だ」

五歳の花の足では、そう遠くへは行けぬはずだ。その見当で、勝平を含む年嵩の四人は、この三日、浅草界隈の岡っ引きと、木戸番、自身番を、しらみつぶしに当たったという。各町にある番屋だけでもたいそうな数になるのに、さらに勝平は、花の消息と併せてもうひとつ、別のことを頼んでいた。

「花がいなくなったあの日、変わったことはなかったか、あるいは、あの日からようすが違ってきたものはねえか。そいつを確かめさせた」

取るに足らないようなことも漏らさず拾いあつめ、多少なりとも妙だと思えるものは、その家までたしかめに行けと命じた。

「で、今日になって、ようやく手がかりを見つけた」

「本当なの、勝平？」

勝平はうなずいて、順よく話してくれた。

「はじめは、登美がきいたんだ。浅草福富町に住む町医者のかみさんが、この三日、姿を見せねえっていうんだ」

たとえば風邪を引いて臥せっているとか、ちっともおかしなことじゃない。わざわざ人の口に上ったのには、それなりの理由《わけ》があった。

「医者とは二十も歳が離れていてな、一緒になって三年だが、亭主は下にも置かぬほど大事にしているそうなんだ」

夫婦が睦まじくならんで歩く姿は、その界隈では、毎日かかさず拝む風物のようになっていた。念のため足を運んでみると、しばらく実家《さと》に帰っていると告げられて、さっさと追い返されちまったけれど、登美はそのお医者先生のようすが気にかかった。

「医者がひどくやつれているのが、まず妙に思えたらしい。それと終始迷惑そうにしていたくせに、花の行方知れずの話だけは、やけに身を入れてきいてくれた」

登美は勘がいい。医者がことに念を入れたのは、花が、「三日前にかどわかされた」というくだりだった。

これをきいた勝平は、すぐに浅草界隈を仕切る岡っ引きに知らせにいった。あの鷹みたいなお役人が、あらかじめ花のことを頼んでいたから、親分はすばやく動いてくれた。お医者のまわりを調べあげ、半日で耳寄りな話を拾ってきた。

「三日前の昼過ぎ、医者は駕籠に乗って出かけた。こいつは別段、めずらしいことじゃない。その医者は蘭方医でな、腕の良さは折り紙つきだ。評判をききつけて、遠くから駕籠で迎えにくることも多かった」

ところがその日は、先生が留守のあいだに二度目の駕籠がきたという。乗っていったのは、おかみさんの方だ。どちらもお武家が使う、立派な駕籠だった。

「日の落ちどきでな、内儀が駕籠に乗るのを、ちょうど通りがかった振り売りが目にしているが、そっから先は誰も姿を見ていない」

医者のお内儀は、そこでかどわかされたに違いない、と勝平は言った。

駕籠に乗るとき、「愛宕下ですか？」とおかみさんがたずね、駕籠につき従っていた侍は、「向島だ」と告げた。振り売りは、そう耳にしたそうだ。

「人の話を拾いながらその駕籠を追いかけてみると、大川から舟に乗り替えたとわかった。さらにその近くで、花を見たという者がふたりもいたんだ」

「じゃあ、花は、ひょっとして……」

「ああ、医者の内儀のかどわかしに巻き込まれたんじゃねえかと、おれはそうにらんでる」

親分は先生からきき出そうとしたが、脅しても透かしても実家にいるとの一点張りだった。ただ、あと二、三日で帰るからと、それだけは妙にきっぱりと言い切ったそうだ。

「脅しの種はわからねえが、遅くともあと三日のうちに、けりがつくってことだろう」

「それが終わったら、花も帰ってくる？」

「いや、逆の見込みもある。事が済めば、始末されちまうって目算も……」

「そんな！」

「だからな、伊根、おれたちで向島を探すんだ」

「お稲荷さまのご利益高い、ふっくらお揚げの稲荷鮨。お狐さまが大好きな、ほんのり甘い稲荷鮨」

緑の絶えた畑の中に、家や林がぽつりぽつりと浮いている。ひどくのどかな景色のはずが、人のいないがらんとした風情に、心細さばかりがつのる。

「花……本当にいるのかな……」

「いるさ。勝平が、そう言ったんだから」

傍らの惣介は、よいしょと天秤棒をかつぎなおした。このところ、勝平にかつぎ方を習っていたとかで、案外さまになっている。

「ちょっと、お参りしていく」

白髭《しらひげ》神社にくると、惣介と一緒に鳥居を潜った。

――どうか花が、帰ってきますように
浅草寺でのお願いをとりやめにしてください、と一心に祈った。

――ハチのお嫁さんになるのは諦めますから、その代わり花を……

違う、とふいに思った。あたしがいつもいちばんにお願いしていたのは、別のことだ。

神さまにおためごかしなぞ、通じるはずがない。

――おっかちゃんの代わりに、花を返してください！

長いお参りを終えるまで、惣介は黙って待っていた。

向島を五つに分けて、五組で稲荷を売り歩く。勝平の策とは、それだけだった。

どこかに花が捕まっていれば、売り口上の声がきこえるはずだ、という勝平に、

「けど、向島の辺りは、テンとハチがまわったんでしょ？」

昨晩、あたしはそうたずねた。テンが横でうなずいた。

「でも、なしのつぶてだった。ハチの声が、花にわからないはずがない」

場所の見当が外れているか、あるいは、たとえ声が届いても、こちらに知らせる術がなければどうしようもない。テンの言い分はもっともだ。関わっているのは、どうやらお武家らしいから、広い屋敷の中なら、声さえ届かないかもしれない。

「ところがな、向島のでかい武家屋敷は十にも満たない。どれも大名旗本の下屋敷で、こいつは違うと、おれはふんでいる」

もしその中のどれかに内儀を連れ込んだとしたら、向島と明かすだけで足がつきやすい。そんな危ない橋は渡らないはずだ、と勝平は言った。

「粋人の使うような寮か、百姓家。そのあたりじゃねえかな。それに、もしも伊根が言ったとおり、花の知恵がまわるとしたら、ハチの声には応じねえように思う」

あたしにはわけがわからなかったけど、テンは、ああ、と納得顔になった。

「けどな、伊根、おめえの声なら、きっと花は応えてくれる」

「そんなの……わからないよ……」

「だって花は、伊根の後を追いかけていったろ？」

たちまち己の罪が胸いっぱいにふくらんで、涙になってあふれ出た。あたしは泣きながら、惣介にきいたことや、この何日かの汚い思いを、勝平とテンにぶちまけていた。

「あ、あたしがいけないんだ……あんなこと、浅草寺でお願いしたから……だから、だから花が……あたしのせいで花が……」

勝平にすがって、長いこと泣いた。からだ中の水が抜けて、もう一滴も出なくなると、テンが濡れ手拭いで顔を拭ってくれた。

「あのな、伊根、ハチはおそらく、花を嫁さんにするつもりはねえと思うぞ」

あたしが泣きやむと、勝平が静かな調子で言った。

「ハチにとって花は、この世でたったひとりの身内、生きるための縁《よすが》なんだ。本当の妹と思ってるなら、やっぱり嫁にはしねえだろう？」

勝平たちは、ハチのその気持ちを、なにより大事にしたかった。だからこそふたりが実の兄妹じゃないと、口には出さなかったのだ。隣で、テンもうなずいた。

「でも、花を嫁にと望む男は、それなりの覚悟がいるだろうな。箱入り娘の父親よりも、ハチは難儀だろうからな」

「おれにはまず、そんな度胸はねえな」

勝平が、大げさに首をすくめる。

「向島には、寺も社もたんとある。浅草寺で頼んだことは、とり消してもらえばいいよ」

穏やかなテンの声に、うん、と小さくうなずいていた。

惣介とあたしが任されたのは、白髭神社や新梅屋敷のある寺島村の辺りだった。

売り口上の声が、冬枯れの田畑を越えてゆく。町中にくらべて家が少ないから、その前でだけ叫べばいい。

一軒の百姓家の前で、声を張り上げたときだった。口上が終わったとたん、中から高い声がした。知らない人には赤ん坊の泣き声にきこえるけれど、あたしにはすぐわかった。

「花だ！　花の声だ！」

思わず駆け出しそうになって、惣介に止められる。

「だめだ、勝平に言われたろ。このままはなれるんだ」

「けど、花が……」

「見るな、伊根。中のやつらに気づかれたら、花が危ない」

惣介に引きずられながらその場をはなれ、百姓家が見えなくなると、一目散に勝平の持ち場へ駆けた。

勝平は場所を確かめると、夜を待って玄太や三治とともに百姓家を探りにいった。

「間違いねえ。窓の隙間から覗いたら、花がいた」

「花は無事？　怪我とかしてなかった？」

「見たところ、大丈夫そうだ。たぶん、医者のかみさんだろう。若い女の膝の上にいた」

ほっとしたとたん、床に座り込んでいた。

「浪人風の侍が三人ばかり見張っていたが、今夜中にでもお縄にしてやると、親分が請け合ってくれた」

勝平はすでに、浅草の岡っ引きのもとへ、ひとっ走りしてきたところだった。

「ちびたちは登美と柾さまに頼んで、おれたちも大捕物を見にいくことにした。花を迎えにいってやらねえと」

「あたしも！　あたしも連れてって！　お願い、勝平」

口を尖らせた勝平は、仕方ねえなと許してくれた。

夜道を一生懸命駆けたけど、年嵩の男の子たちについていくのは大変で、あたしのせいでずいぶんと遅れた。着いたときにはすでに捕物ははじまっていて、百姓家を囲む御用提灯の灯りで、遠くからでもすぐにそれとわかった。

「逃がすな！　ひとり残らずひっ捕えろ！」

馬に乗り、陣笠をかぶった役人の声が響く。捕方の数は、びっくりするほど多かった。中に何人も踏み込んでいるらしく、どたんばたんと派手な音がする。

「すげえ、こんな大がかりなものたぁ、思ってもみなかった。浅草の見世物なぞよりだんぜん面白え」

三治の食いつきようはたいしたもので、玄太もすっかり夢中になっている。

「呑気に、見物決め込んでんじゃねえ。てめえらも手伝え！」

勝平とテンは、とび出そうとするハチを必死で押さえつけていた。たたけば骨の音がしそうなほどやせ細ったからだを、ふたりがかりでも止めきれない。玄太の太い腕が後ろから羽交い締めにして、ようやく動きを封じたが、とたんに喉が破れたような、しゃがれた声があがった。

「花っ！　花ーっ！」

「よせっ、見つかっちまう！」

子供がいていい場所じゃないから、あたしたちは木の陰に隠れていた。止めようとする勝平の腕をつかみ、テンが首を横にふった。ハチの遠吠えは、凍った空や地面を震わせて闇に溶けた。切なさでいっぱいになりながら、花の無事をただ祈った。

やがて、昼間きいたのと同じ幼い声が、ハチの呼びかけに応えた。捕方の腕をはなれた小さなからだが、子犬のようにまっすぐに駆けてくる。

「花っ！」

ハチの両腕が抱きとめて、しっかりと胸の中に抱え込んだ。

その肩が震えて、低い嗚咽《おえつ》がもれる。信じられないと言いたげに、テンが呟いた。

「……ハチが……泣いてる……」

鉛の面をかぶせたようだったハチが、泣けるようになった。

あたしの頭の上で、勝平が鼻をすする音がした。


「やっぱり、花ちゃんという名だったのね」

ある晩、勝平に連れられて、お医者先生のおかみさんが訪ねてきた。

「外から名を呼ぶ声がしたとき、抱いていた花ちゃんのからだが、びくっとしたんです。

『あなたのこと？』とたずねたけれど、そのときはあたしにしがみつくばかりで」

おそらく、ハチを守りたかったんだろう。

ハチの声に花が応じなかった理由《わけ》を、勝平はそう見当した。花が返事をすれば、ハチは後先かまわずあの家にとび込んでいた。きっとふたりとも危ない目に遭っていたに違いない。

「閉じ込められていたあいだ、花ちゃんのおかげで、どんなに慰められたことか」

かどわかしの大本は、さるお大名の病だった。なんでも足のあいだに瘤ができ、それがどんどん大きくなって、歩くことさえできなくなったそうだ。御典医は皆どうにもできず、最後に福富町の先生に白羽の矢が立った。殿さまを診た先生は、蘭方の医術なら、瘤を切ってとりのぞけると請け合った。

先生が二、三日のうち、と言ったのは、殿さまの瘤をとり去る日が決まっていたからだ。それをわざとしくじるようにと、先生はそう脅されていた。

「助けていただいたおかげで、主人は重い罪を犯さずに済みました。なんとお礼を申し上げて良いものか」

悪事を企んだのは、お大名家に出入りする御典医のひとりだった。己の面目だの蘭学嫌いだのが凝り固まって、こんなとんでもないことを思いついたと、勝平は呆れていた。

「主人が行った先で倒れたときいて、あわてて迎えの駕籠に乗ってしまったのですが、大川の船着場につくと、浪人者が何人も待ちかまえていたもので、怖くなって抗いました。それを土手の上から花ちゃんが見ていて」

逃げようとしたけれど、花はすぐに捕まって、一緒に舟に乗せられたという。

「身なりの良い侍は駕籠と一緒に引き上げて、残ったのは人相の悪い浪人ばかり。生きた心地がしませんでした。ことに鼻の頭が裂けている浪人が、いちばん気味が悪くて……」

「なんだって！」

仰天する勝平に、おかみさんの方がひどく驚いている。

「鼻頭に傷のある侍が、浪人者の中にいたのか！」

とまどいながらもおかみさんは、勝平の求めに応じて浪人の人相を詳しく話した。

「たぶん、間違いねえ。柾さまの仇の侍だ……。で、その浪人は、どこに？　この前捕まった連中はおれも見たけど、それらしいのは……」

「あの前の日から、姿を見せなくなりました。残った仲間の話からすると、ご妻女の病が重くなり、家を離れられなくなったようです」

「妻女……」

勝平が、ごくりと唾を呑んだ。その後も色々とたずねたけれど、浪人たちは盛り場などで急拵えに集められたらしく、互いの素性については知らず、おそらく雇った御典医も同じだろうと内儀はこたえた。

「覚えているのは、ひとつだけ。酒の肴の話になって、市ヶ谷柳町の『ことや』のアラ煮がおいしいと、あの浪人が言ってました」

その先までおかみさんを送りに勝平が出ていくと、あたしは花にたずねた。

「花はひょっとして、鼻傷の侍を見かけたもんで、ついていったの？」

ハチの傍らで、花が首をうなずかせた。

「すごい、花。ほんとにすごいよ」

花はにこりと笑って、あたしの手をとった。

『イネもすごい』

あたしの手のひらに、指でそう書いた。頭の中が、急に忙しくなった。

「字を書けるなら、どうしていままで、あたしたちに知らせなかったの？」

大きな声で、叫んでいた。花はきょとんとした顔で、あたしを見ている。

「たぶん、ハチが傍にいたからだ」

ちょうど戻ってきた勝平が、花の代わりに応えてくれた。

「何を伝えなくとも、ハチがみんなやってくれるだろ？　何の不足も感じないから、ものを覚えることだけを、ただ楽しんでいたんじゃねえかな」

間近にある花の顔が、いままでと違って見える。なんだか、とても近しい感じがする。

五歳と決めたのは、婆さまや人別改めの役人だ。

花の本当の歳は、誰も知らない。

「良かったな、伊根、いい話し相手ができて」

大きくうなずくと、勝平が顔いっぱいの笑顔になった。

はむ・はたる

名前のとおり、打ち捨てられた箒《ほうき》が倒れてでもいるようだ。

牛込原町《うしごめはらまち》の箒長屋は、申し訳なさそうに古びた姿をさらしていた。

おれたちが住まう深川のあやめ長屋も、決して小ぎれいとは言えないが、それよりいっそうみすぼらしい。

ここに本当に、さる道場主から大枚を奪って逃げた男女《ふたり》がいるんだろうか。なんとも合点がゆかず、いまにも倒れそうな長屋の木戸口で足が止まった。

手掛かりは、市ヶ谷柳町の『小十《こと》や』だった。

おれたちの仲間の花が、医者の内儀のかどわかしに巻き込まれたのは、師走に入る前のことだ。見張りの浪人の中に、鼻頭に傷のある侍がいた。そいつが六年前に道場主を殺めた男ではないかと、その見当で小十やを探しあてた。鼻傷の侍は、『ことや』のアラ煮が旨かったと言っていた。助け出された医者のかみさんが、そう教えてくれたからだ。

おれはすぐに、市ヶ谷まで足を運んだ。

「鼻傷の侍と、駆け落ちしたおっかあを探してるんだ」

小十やという居酒屋では、その方便を通した。この正月で十三になったけど、見てくれは子供だ。侍の塒《ねぐら》をたずねても、不審がられることもなかった。あいにく贔屓《ひいき》客というほど浪人は顔を出しておらず、「たまにふらりと立ち寄って、黙って呑んで帰る客」というより他は、店の連中は何も知らなかったが、

「あの恐ろしげな侍なら、久庵《きゅうあん》先生のところで見かけたことがあるよ」

常連のじいさんが、覚えていたのは幸いだった。町医者のところで同じ嘘をならべると、あっさりと箒長屋を教えてくれたが、いささか不憫そうに老医者は眉を下げた。

「あの妻女が、おまえのおっかさんでなけりゃいいがな」

医者の言葉にはっとした。

「ひょっとして……そんなに悪いのか？」

「胸を患っていてな……来年の桜はどうにか拝めても、夏まではとても保《も》たんだろう」

子供の顔を見れば、少しは寿命も延びるかもしれないと、医者は慰めるように言った。

妻女の顔かたちを確かめると、やはり逃げた男女の片割れのように思えた。

医者には固く口止めし、そのまま歳の瀬の慌しさを言いわけに、ひと月以上も放っておいた。奉行所に走れば片がつく話だが、そうはできない理由《わけ》がある。いっそ女が死んで、侍が消えてくれればと、頭の隅で願ってもいた。

けれど年が明けるとやはり気になり、この幾日か迷いに迷って、再びここに来た。

結局、答えは出なかった。女の先が長くないということが、思案をさらに難儀にした。

「『はむ・はたる』は、あと三月でお陀仏か」

木戸の前でひとり言《ご》ちると、からっ風がびょうびょうと鳴った。

「で、勝平、あらたまって話とは何です？」

奥の座敷で、婆さまと差し向かいでふたりぎり。もう、それだけでちびりそうだ。

どうにも思案に詰まり、やはり一度、事の顚末を確かめようと思い立ったのは一昨日のことだ。

「ええっと、柾さまのことで伺いてえことがありまして、仰っていただけますか」

返事の代わりに、たちまち小言が降ってきた。

「勝平、平素からきちんとした物言いを心がけないから、いつまでも正しい言葉遣いにならぬのですよ」

長屋住まいの棒手振りが、上品にしゃべれるものか、なんて口が裂けても言えない。

本当に、この婆さまだけは苦手なんだ。最初に会ってから、もう一年半にもなるのに、いつまでたっても怖いものは怖い。

母上とは逆に、柾さまは武張ったところのない気さくな性分で、おれも仲間たちも、この若いお侍にすっかり馴染んでいる。長の旅暮らしで日焼けた顔に、いつも人なつこい笑みを浮かべているが、その笑顔が時折途切れることがある。

「……そのう、柾さまが仇持ちときいて、詳しく教えてもらえ……いただけねえかと」

婆さまの頬骨が、ぴくりとなった。

ご当人の柾さまが、口に出すのをことさら嫌がるものだから、おかげで仲間が漏れきいた話を寄せ集めるしかできなかった。

けれど、この家の当主の旦那さまも、おやさしいご新造さまも、この件だけは口を膠《にかわ》で固めたように一切話してくれない。

「子供が首をつっ込んでよい話ではない。おまえたちは関わってはならぬ」

柾さまにたずねたときと、まったく同じ台詞で戒められた。

また同じ文言が返るものと覚悟していたが、婆さまは存外別のことを口にした。

「柾のことが、心配ですか？」

思わずこくんとうなずくと、うすい唇の端がかすかに上がった。

「大人をまるで信用せず、先にはそれこそ仇のように憎んでいたおまえが、その身を案じるようになるとは……おまえもようやく一人前になってきたということですね」

褒められたことはもちろん、おれに向かって微笑んだのも初めてだ。悪い夢でも見てるみたいで、なにやら背筋がぞくぞくし、両の頬をつねりたくなった。

「おまえは、どこまで知っているのですか？」

柾さまの剣術師匠が殺されて、下手人は道場の師範代をしていた相良隼人という侍と、師匠の後添いに納まっていた、お蘭という女。おれが知っているのは、それくらいだ。

「大きな道場だときいたから、弟子はたくさんいたんだろ？　なのにひとりで仇討の旅に出るなんて、よっぽどその師匠を慕っていたんだな」

「たしかに矢内重之進《やないしげのしん》さまは、大らかなご気性であの子も懐いていましたが……柾は、あれは、織絵《おりえ》さまに申し訳ないと、何よりそれを悔いていました」

「織絵さま？」

「矢内さまの、最初の奥方です。八歳から道場に通いはじめた柾を、たいそう可愛がって下すって、柾に絵の手ほどきをして下さったのも織絵さまです」

その絵が、いまは柾さまの生計《たつき》になっている。浅草の往来で、筆を走らせる柾さまの背後にはいつも、仇の男女の顔がひるがえっていた。

「柾がちょうどおまえくらいのときに、織絵さまは病で身罷《みまか》られまして、残してゆく旦那さまのことを最後まで気にかけておられたそうです」

お蘭の正体を知らず、師匠への仲介役となったのは柾さまだ。後添えに決めたのがたとえ矢内さまでも、奥方がいらした大事な場所に、女狐みたいな女が居座るきっかけをつくってしまった。それがいっそう、柾さまを苦しめているのだろう。

「それともうひとつ……矢内さまは、柾の目の前で斬られたのです」

「目の、前……」

「まのあたりにしたのは柾ひとり。なのにおめおめと仇たるふたりを逃してしまったと、後々まで悔いていました。柾がああもこだわるのは、その責め故でもあるのでしょう」

頭の中に、はっきりとその絵がよみがえった。柾さまじゃなく、おれの絵だ。しばし、てめえの昔に囚われていた。

「勝平、柾の話をきいて、おまえはどうしたいのですか?」

婆さまが静かに問い、ようやく我に返った。

「正直、わからねえ……仇討はやめてほしいってのが本音だけど、それしか気が済まねえっていうなら、何か手伝ってやる方がいいのかと……」

連中の塒《ねぐら》を知っているのは、おれだけだ。おれの出方しだいで、柾さまの先行きが決まっちまう。それが怖くてならねえ。頭の中がぐるぐるして、物言いなんぞ後まわしになったけど、婆さまはめずらしく叱らなかった。

「けど、柾さまには仇討免状がねえんだろ？　仇を討っても、人殺しの下手人として牢に入れられちまうんだろ？」

おれも見知りの、高安さまという町方与力が、そう言って柾さまをいさめていた。仲間の伊根が、立ち聞いた話だ。

免状といっても書きつけがあるわけじゃなく、仇討願いを御上に出して、帳面につけてもらうのが常なのだと、婆さまが言った。

「亡くなられた矢内さまには子はおりませんが、弟君や甥御さまがいらっしゃいます。いくら門弟とはいえ、その方たちをとび越えての仇討は認められておりません」

仇討には細かなお定めがあり、たとえば目下の者だけに認められ、子が親の、弟が兄の仇は討てても、その逆はご法度なのだそうだ。それに、血の濃い者から順に許されるものだから、師の仇を門弟が討つことはあっても、身内がいるとこれも許されない。

「柾さまを人殺しにして、婆さまはそれでいいのか？　お武家ってのは、そういうものか？」

「己の身を顧みず、義を通すことこそ真《まこと》の武士。見事、本懐を遂げてきなさいと、六年前、私はそう鼓舞して柾を送り出しました」

毅然とした声に気圧《けお》されて首をすくめたが、婆さまのいかり肩がふいに落ちた。

「ですが、どうしてでしょうね。このところ、違うようにも思えてきました」

ため息のような声がもれた。

「おまえたちと関わるようになってから、ただ、生きて暮らしていくことが、こんなにも尊く、難しいものかと、身に沁《し》むようになりました」

婆さまが急に小さく見えて、ひどく悲しい気持ちになった。


新兵衛《しんべえ》が薪を割っている。

もともと力がない上に、昨日も今日も飯を抜かれて、鉈《なた》をふり上げながら腰がふらふらしている。どうにか割った薪を荒縄でくくり、軒下に山をこさえはじめたが、ひどくいい加減な積みようだ。己の背より高くなった山に薪の束をほうり投げ、薪山はだんだんと新兵衛の方へ傾いてくる。

——危ない、新兵衛、逃げろ！

叫ぼうとしても、どうしても声が出ない。おれの背後で砂利をふむ足音がする。親方が帰ってきたのだ。ここで捕まったら、新兵衛が殺される。無我夢中で声を張り上げた。

「新兵衛！」

はっと目を覚ますと、真っ暗闇の中に、玄太の大きな影があった。

「夢か……」

吐く息は白いのに、夜着の下がぐっしょりと濡れている。

「新兵衛って……勝平、おまえ、まだ……」

見えなくても、玄太が心配そうに、おれを窺っているのがわかる。

以前は毎晩のように同じ夢にうなされて、そのたびに玄太が起こしてくれた。それもだんだんと間遠になって、この一年ばかりは見なくなっていた。だけど決して忘れたわけじゃない。新兵衛はおれたちの目の前で死んだのだから。

「あれは勝平のせいじゃねえ。誰にもどうにもできなかったんだ」

同じ台詞を何十遍、玄太はくり返したことだろう。玄太がそう言って許してくれることで、おれはどうにかここまでやってこれたのだ。

「床について一刻も経っちゃいないから、誰も目を覚まさなかった。おまえももう休め」

玄太が、長屋の奥に目をやった。この正月で十になった惣介を頭に、三人のちびたちが寝息をたてている。いましがた四つの鐘が鳴ったときいて、おれは起き上がった。

「ちょっと、柾さまのところへ行ってくる」

玄太は少しばかりびっくりしながらも、黙っておれを送り出した。

真夜中までは、まだ一刻ある。外は、きん、と冷えていた。

暦の上では春だけど、正月のうちはまだ寒さがこたえる。

二軒はさんだ入口障子から、弱いだいだい色の灯りがもれていた。

「勝平、こんな遅くにどうした？」

すぐに火鉢の前に招いてくれる。手をかざした炭火より、柾さまににっこりされて、からだがほっと温もってくる。

「なにか、込み入った相談事か？」

白湯を飲んでひと心地つくと、柾さまが切り出した。うん、とうなずいて、部屋の隅に行く。描きためた似顔絵の束があり、中から二枚抜き出して、柾さまの膝前にならべた。

「このふたり、どうしても仇討しなけりゃ駄目か？」

しばしおれをじっと見て、柾さまはうなずいた。静かな佇まいが、その覚悟を物語っている。それでもおれは、食いさがった。

「柾さまは、人を殺めたことがあるのか？」

「いや、旅先で山賊なぞとやり合ったことはあるが、命を奪ったことはない」

「鼻傷の侍はまだしも、こんなかよわそうな女を、柾さまは斬れるのか？」

人を殺めれば傷になると、新兵衛の夢が教えてくれた。お武家だろうが仇討だろうが、それはきっと変わらない。まして女を手にかけるなぞ、やさしい気性のこのお侍にとっては、ただ膿んだ傷口を抉《えぐ》ることになりそうで、なによりそれが怖かった。

「異国ではこういう女のことを、——というそうだ」

柾さまはこたえの代わりに、違う話をもち出した。

「『はむ・はたる』？」

「ファム・ファタルだ。長崎に行ったとき、知り合うた通詞の男が教えてくれた」

何遍かくり返してもらったが、どうしても『はむ・はたる』ときこえる。

「男を惑わす女のことだ。遠い異国にも同じような女がいるものかと、なにやら不思議に思えた」

お蘭がたぶらかしたのは、亡くなった矢内さまと、一緒に逃げた相良隼人だけではなかった。幾人もの門弟や親類縁者、果ては道場に出入りしていた商人まで。お蘭はあらゆる男たちを意のままに動かして、矢内さまの貯えはもちろん、道場までが売り払われていたという。

「江戸を出てからも、行く先々でお蘭の噂は拾うことができた。代官、庄屋、大商人《おおあきんど》。お蘭の歩いた後には、食い散らかした男の残骸がごろごろしていた。いつも噂が流れるころには、ふたりは逃げた後でな。追いついたためしがないが」

斬るのをためらうような、そんな女ではないと、柾さまは言い切った。

行灯の灯りを受けたその眼に、憑かれたような危ういものが浮いている。

お蘭は金のためだけに動くから、お家が貧乏御家人の柾さまは、その裏の顔を一度も見たことがないときいた。だけど柾さまもまた、お蘭という女に雁字がらめにされている。

「勝平、何度も言ったが、この話は忘れろ。万一ふたりを見つけても、決して近づくな」

火鉢に目を落としたまま返事をしないでいると、柾さまが調子を変えた。

「おまえには、やることがたくさんあるだろう？　十四人もの仲間の、大黒柱なんだからな。正直、おまえには頭が下がる」

「……おれは別に、たいそうなことは……」

「いいや、勝平、おまえにしかできぬことだ。道で出会った捨て子や孤児《みなしご》を、おまえは決して見捨てなかった。だからこんなに増えてしまったと、玄太からきいて……」

「違う！」

払うように、叫んでいた。

「おれはただ、てめえの罪を贖《あがな》いたかっただけだ」

「……勝平？」

「人を殺した負い目を、ちゃらにしたかっただけなんだ！」

さっき見た夢の中の新兵衛が、じっとこっちを見詰めていた。

おれは親の顔を知らない。物心ついたとき、目の前にいた男が父親なのかもしれないが、殴られてばかりだったから顔なんて覚えていない。そこから二度売られ、どこへ行ってもあつかいは同じだったから、大人というものは、子供を殴るものだと本気で思っていた。けど、最後に売られた里子買いのところは、どこよりひどかった。

礼金をもらって子供をあずかり、里子先を世話する。それが里子買いだ。親方は金だけちょろまかし、集めた子供に荷運びやくじ売りをさせて、さらに上前をはねていた。なにより、飯をろくすっぽ食わせてもらえねえことが、いっとう辛かった。ちょうど大飢饉の最中《さなか》で、里子はいくらでも手にはいる。親方は、おれたちが死ぬのを待っていた。おれと玄太は、その生き残りだ。

おれたちが残ったのには、ちゃんと理由《わけ》がある。からだの大きい玄太は、力が強くて重宝がられていたし、おれは小賢《こざか》しい知恵に長けていた。正直、あの頃は、仲間の面倒を見るどころか、どうやって連中を出し抜いて、ひと粒でも多く己の口に米を入れるか、それしか考えちゃいなかった。

新兵衛も、親方に買われてきたひとりだった。

おれははじめから、こいつが気に入らなかった。とろくて不器用で、なのに他人《ひと》にやさしい。こんな奴、あっというまにお陀仏だ。見当どおり、ふた月もすると新兵衛は、歩くのもやっとの有様になってきた。

あの日、新兵衛は、ふらふらしながら薪割りを終え、軒下に薪の束を積んでいた。

「そんなことしてたら日が暮れるぜ。親方が帰る前に終わらせねえと、また飯抜きだぞ」

夢と違うのは、新兵衛がひどくていねいに、薪を積み重ねていたことだ。己の背より高い山の前に樽をおき、薪をひと束ずつ抱えては、のぼったり降りたりしている。

「だからよ、こうすりゃあいいんだよ」

舌打ちをして、薪束を次から次へと山の上に放り投げた。

「あとは上っ面だけ平らにしておけば、ほら、もう済んじまった」

決して親切からじゃなく、こいつのやりように苛々して、つい手を出しちまったんだ。

せっかく片付いたというのに、新兵衛はまだもじもじしている。

「これ……危なくねえかな。もう親方の頭より高いし、もし崩れでもしたら……」

「せっかく手伝ってやったのに、なんだよ、その言いぐさは」

おれがぷりぷりすると、新兵衛はあわててあやまり、礼を言った。

だが、その翌日、くじ売りからおれが帰ると、大変なことになっていた。親方が、土間に引きすえた新兵衛を、薪で滅多打ちにしていたのだ。殴られ蹴られはあたりまえでも、こんなひどいのは初めてだ。他の子供たちも部屋の隅にかたまって、すっかり怯えきっている。

「いったい、どうなってんだ、玄太」

「昨日、新兵衛が作った薪山が、崩れたんだ。親方が肩を打っちまって、それで……」

からだ中の血が、凍るようだった。おれだ。おれのせいだ——。

ふいに、新兵衛と目が合った。もう、駄目だ。おれは観念した。新兵衛が本当のことを明かせば、悪鬼のような形相の親方が、おれに殴りかかってくる——。

けれど、そうはならなかった。

新兵衛は、小さく微笑んだ。大丈夫というように、おれに向かってたしかに笑った。さんざっぱら新兵衛を打ちすえて、やがて親方は、験直《げんなお》しに外へ呑みにいった。

「しん……新兵衛……」

土間に降りて、痩せたからだを抱き上げた。顔といいからだといい、肌の色が見えぬほどに腫れ上がっている。新兵衛は、うっすらと目をあけた。

「なんで……なんでほんとのこと、言わなかった……」

新兵衛は、さっきと同じ笑みを浮かべた。

「……って、かっ……ぺい、てつだ……て、くれた……おれ、うれしか……」

「ばかっ！　おまえは、大ばかだっ！」

「……ほんとうに……うれし……か……た……」

最後にまた小さく笑い、新兵衛はそれきり、目を覚まさなかった。


「あいつはおれの腕ん中で、どんどん冷たくなっていった。腕にも胸にも、あの感じがはっきりと残ってる。新兵衛を殺したのはこのおれだ」

「勝平、それは違う」

柾さまも玄太と同じに言ってくれたけど、新兵衛の命を縮めたのも、あんな酷い死に方をさせたのも、間違いなくおれなんだ。

あれ以来、大人に腕をふり上げられるだけで、からだがこわばって動けなくなった。

子供が死ぬことが、怖くてたまらなくなった。

だから捨てておけなくて、出会う端から仲間にしちまったけれど、ひとり拾えばひとりぶん、てめえの罪が軽くなるような、勝手にそんな気になっていた。

「だから柾さまには、誰も殺してほしくねえと……そう思ったんだ」

それでもどうしても仇討したいというなら、ふたりの居所を教えるつもりだった。けれど柾さまの思惑は、おれの見当をはるかに超えていた。

「勝平、おそらく、そうはならない。ふたりに会っても、おれは殺さずに済むだろう」

おかしな言いまわしだった。わけがわからず、柾さまをじっと見る。

「おれはあの師範代に、相良隼人に、一度も勝ったことがない」

一瞬、婆さまのいかめしい顔が、目の前をよぎった。

そういうことか――。

一切を呑み込んで、黙って息子を送り出したあの顔が、胸に張りついて消えなかった。

たいして眠れないまま夜を明かし、そして今日、箒長屋にやってきた。


「ごめんよ、ちょっといいかい」

木枯らしにがたがたと鳴る障子戸をたたくと、少し間をおいて、応じる女の声がした。戸をあけると、枕屛風越しに女の顔が覗いていた。屛風の奥に伸べられた床に、半身を起こしている。ちょうど柾さまと同じくらい、二十七、八に見えた。

「見かけない顔だけど、長屋の子かい？」

木の実のようなひと重の目に、小さな口許。たしかにきれいな面差《おもざ》しで、柾さまの絵ともよく似ているが、きいた話とは受ける感じがまるで違う。女狐というよりも、むしろろりスみたいで、ちょっと拍子抜けしてしまった。

「いや、深川から訪ねてきたんだ。お蘭さんと、話がしたくて」

女の眼が、ほんの少し細められた。相良もお蘭も、ここでは別の名を名乗っている。男は出掛けていて、夕方まで戻らぬことは、井戸端にいたかみさんに確かめてあった。

「ま、おはいり」

枕屏風をどかして座るよう促すと、女は綿入れをはおった。

「男どもに大枚を貢がせたわりには、つましい暮らしぶりだな」

無遠慮に中を見まわす。女は別段怒りもせず、逆に面白そうな顔をした。

「一年前からあたしがこの有様でね、実入りがごっそり減っちまったのさ」

抜けるように白い肌と、頰にさした赤味は、胸の病のためかもしれない。

相良ひとりでは、田舎では稼げない。それで江戸へ舞い戻ったと、悪びれずに告げた。

「それで？　あたしに話って、なんだい」

「いや……おれにもよく、わからねえ」

「なんだい、そりゃ。おまえ、妙な子供だねえ」

ころころと声に出して笑ったが、すぐに苦しそうに咳き込んだ。背をさすってやったり、白湯を飲ませたりしてやると、ようやく加減が落ち着いた。

「笑ったのなんて、しばらくぶりなものだから……あの男と一緒だと、辛気くさくてかなわないからね」

「鼻傷の侍とは、惚れて一緒になったんじゃねえのか？」

「まさか。道場主の亭主を殺せるのは、あの男しかいなかった、それだけさ。あの男より強い奴もいなかったから、いまだに腐れ縁というわけさ」

木の実のような目がふいに横に伸び、すいと釣り上がった。

「こうも長くつきまとわれることになろうとは……まったく見当の外だったがね」

一瞬、何かが憑いたように見えたのは、気のせいだろう。お蘭はすぐに、もとに戻った。

「そういえば、深川っていったね。おまえ、あの道場主の縁者かい？」

「いや、あそこの門弟の知り合いだ。長谷部柾さまって……」

「ああ、あの冷や飯食いか」

「……柾さまのこと、覚えてるのか？」

間髪容れずに応じられ、ちょっとびっくりした。数えきれないほどの男を、手玉にとっている女だ。深く関わったわけでもないお侍を、覚えているとは思っていなかった。

「あんたと柾さまは、どこで知り合ったんだ？」

「竪川の川縁さ」

やはりお蘭はすぐにこたえ、懐かしそうに目を細めた。

「桜がまだ蕾のころで、行くあてもなくぶらぶらしてたら、河原に雪柳が咲いてたんだ。盛りの花が、本当に雪をのせたみたいで、そりゃきれいでね。見とれていたら、あっちから声をかけられたんだ」

「柾さまが、なんて？」

「絵を描かせてくれないかって。雪柳を背にした姿が、あんまりきれいだからって、にこにこして言うんだ。妙な侍だと思ったよ」

ぷっと思わず笑ってしまった。たしかに並のお侍は、廓にでも行かないかぎり、女をあからさまに褒めたりしない。

「おまけにさ、描きおえると絵をあたしに寄越して、礼を言ってそのまま行こうとするんだ。ここまで引きとめて茶の一杯も誘わないなんて、なんて無粋な男だろうって呆れたよ」

柾さまは本当に、さっさと帰ってしまったが、絵を描いているあいだに、お蘭は矢内道場のことも、師匠が男やもめだということもきいていた。己から、雇ってほしいと押しかけたという。

話しながら、お蘭はひどく楽しそうだった。己が貧乏御家人の倅だから、お蘭は手管を使わなかった。柾さまはそう言ったけど、使わなかったんじゃなく、使いたくなかったんじゃないか。そんなふうにも思えた。

「おまえを寄越したのは、あの侍かい？」

「いいや、逆だ。あんたには、決して会うなと釘をさされた」

「じゃあ、なんだってここへ……」

「柾さまは、あんたと相良を仇と狙ってる。この六年ずっと、あんたたちを追って国中を旅していたんだ」

「六年のあいだ、ずっとだって？」

素っ頓狂な声をあげ、それからゆっくりと、奇妙な淡い笑みを口許にただよわせた。まるで春に芽吹いた新芽を見つけたような――。おかしなたとえだが、そんな顔をした。

「けど、柾さまは、あんたたちがここにいるとは知らない。おれも、話すつもりはない」

「どうしてだい？　あたしがいまにも死にそうだから、情けをかけるつもりかい？」

いいや、と首をふる。柾さまのいうとおり、会うべきじゃなかったと、少し悔いていた。なまじ言葉を交わしてしまうと、情がうつる。この女が柾さまの手にかかるのは、どちらにとっても切ないことのように思えた。けれど口には出さず、別の言い訳をした。

「邪《よこしま》な力で男を惑わすと、そうきいていたけれど、案外そうでもねえんだなって……」

ふいにお蘭の眼が、それまでなかった光をたたえた。

「ふうん、優しいんだね……」

すっと、白い顔が近づいた。半開きの口から、桃色の舌がちらりと見えた。

「おまえ、いくつだい？」

「……十三」

「まだ、子供なんだね」

指の長い白い手が、胡坐をかいたおれの腿を、やわらかくなであげた。とたんに股のあいだが、かつ、と熱くなった。心の臓がそこに移ったみたいに、ずくんずくんと騒ぎ出す。

「なん、だ……これ……」

「おまえ、ひょっとして……こういうの、初めてかい？」

伸びてきたお蘭の手を払い、尻で畳を後ずさりして、そのまま無様に土間へころげ落ちた。頭やら肘やらしたたか打ったけど、構っちゃいられねえ。井戸端へ走って水でもぶっかけねえと……けれど入口障子をあけたとたん、腰から下の熱がいちどきに冷めた。

おれの前に、馴染んだ若いお侍の姿があった。

「物音がしたのでな……そのようすなら、少しは懲りたか」

にこりともせずに、言った。てめえの迂闊さに、歯噛みしてももう遅い。

柾さまは、おれの後をつけていた。昨晩のおれのようすが、おかしかったからだ。

「おまえには、つきあってもらうぞ」

つい、と奥に目を向けた。

「誘い文句のひとつも言えなかった野暮天が、少しはましになったじゃないか」

憎まれ口をたたいたけれど、さっきの薄気味の悪い気配は消えていた。

「出仕度をしておけ」

お蘭に言いおいて、さっさと外へ出る。おれもあたふたと後を追った。

「柾さま、どこへ」

「ここで刀をふるうわけにはいかないからな。場所を変える」

牛込原町の南北には、いくつもの寺社が軒をならべている。近所の者にでもきいたのか、

柾さまは箪長屋の北にあるという、寺の名を告げた。

「あの女を、そこで殺すのか？」

「まずは相良を呼び出すのが先だ。お蘭には、そのための餌になってもらう」

これじゃ、どっちが悪人かわかりゃしない。だが、それだけ腹を据えてるんだろう。

頼んでもすがっても、柾さまはふり向いてさえくれない。何もできないことが悔しくて、つい、本音が出た。

「死んじゃ、嫌だ……死なねえでくれ、柾さま……」

胸が詰まって、それより先が言葉にならない。懸命に涙をこらえていると、ぽんぽん、と頭をたたかれた。顔を上げると、いつも見慣れている穏やかな顔があった。

どこか死に急いでいるような、昨夜の顔とは、少し違って見えた。

やがてお蘭が、戸口を出てきた。

薄紫の着物に、白っぽい帯を締めている。髪は後ろに束ねたままだけど、きちんと紅も引いていて、はっとするほどきれいに映った。

柾さまはこの家に書きおきを残し、日が暮れかかるころ、寺の外れの堂の前に、鼻傷の侍が現れた。


「何があっても、決して手を出すなよ」

言っても無駄だと思ったんだろう。柾さまは帰れという代わりに、隠れているようおれに命じた。

「久しゅうございますな、師範代」

「おまえがこうまで執着《しゅうじゃく》するとはな……あのとき見逃してやったのが、仇になったか」

柾さまの横顔が、ひと息に険しさを増した。このお侍には微塵も感じたことのない、獣じみたものがただよう。これはきっと、憎しみの気配だ。

「たしかに。あの日、失っていたはずの命だ。だが、おれを永らえさせたのは、師範代、あなたの憐れみではない。師匠の情けが、おれを今日まで支えてくれた」

相良隼人は、顔の筋ひとつ動かさない。絵でしか知らなかった侍は、おそらく六年のあいだにため込んだものだろう、それよりずっとまがまがしい気を背負っていた。

「己の血溜まりに倒れながら、師匠はおれの袴の裾を握りしめ、はなさなかった。追ってはならぬと、ふたりを行かせろと、虫のような息で必死に乞うた……おれが手向かえばあなたに斬られると、わかっていたからだ」

柾さまの袴の裾には、赤黒い手指の跡が、くっきりと残っていたそうだ。

後になって、きちんと筋道立てて話してくれたのは、町方与力の高安さまだ。切れっ端《ぱし》しかわからずとも、柾さまとこのふたりの因縁が、おれの見込みよりずっと深いということだけは身にしみた。

あの晩、柾さまは、到来物を携えて道場を訪ねた。そして、道場で対峙していた師匠と師範代に出くわした。

ただならぬ殺気が渦を巻いていて、稽古ではないとすぐにわかった。

相良は真剣を構え、対する矢内さまは丸腰だった。理由《わけ》はわからぬまでも、不意打ちと知れた。それでも柾さまは、師匠が勝つと疑わなかった。矢内さまは、柔の達者でもあったからだ。

「せめてまっとうな勝負であれば、こうまで尾を引くことはなかった……だが！」と、柾さまは、目だけを相良からお蘭に転じた。

「あのような卑怯極まりないやり方は、剣を極めた先生を、愚弄するに等しい」

お蘭は相良隼人の背の側に、少し離れて立っている。なんの関心もなさそうに、他人事みたいな顔をして、なりゆきを見守っている。

相良隼人が先に、剣を抜いた。

「果たし合いに挑むというからには、少しは腕が上がったのだろうな」

「多少は……ご懸念には及びませぬが」

続いて柾さまも構える。

ふたりが相対してにらみ合う向こうがわに、真っ赤に染まった西の空が広がっていた。

それが凶兆のように思えて、からだの震えが止まらない。

長い斬り合いが続くのは、芝居や義太夫の中だけだ。真剣の勝負は、一瞬でけりがつく。

以前、柾さまからきかされたことがある。

そして、そのときがきた。柾さまの草履が、地を蹴った。

間をおかず、相良が刀をふり上げて前に出た。

小柄な柾さまは、相手の懐にとび込むような格好になる。それを見越していたように、相良は迷いなく剣をふり下ろした。左肩を裂かれ、柾さまのからだが、がくんと地に落ちた。

「柾さまっ！」

隠れていた繁みから思わず立ち上がる。だが、それより早く、やられたはずの柾さまが動いた。最初から胴を狙っても勝ち目はないと、柾さまは考えていた。肩を斬られながら相手の足の指を裂き、向きを変えようとした相良がわずかによろけた。

柾さまの、思惑どおりのはずだった。この六年、柾さまは、無為に遊んでいたわけではない。ふたりを追って諸国を巡りながら、剣術の腕を磨いてきた。けれど人斬りを続けてきた相良は、いわばそれ以上に腕を上げていた。

首筋をねらった柾さまの剣を、からだを傾がせながらも相良はかわし、すぐさま己の右の脇腹へと刀を引いた。

――駄目だ、やられる！

夕日を映した赤い刃が、柾さまの胴にはいり、脇から腹を横に裂く。そのようすが稲光みたいに目の裏に閃いて、おれはいっとき観念した。——だが、そうはならなかった。

右脇に刀を構えた格好のまま、相良隼人はぴたりと動きを止めていた。

「……ば、かな……」

刀とは逆の方に、相良の首がねじるように向けられる。

相良の背中がわ、左腰に、匕首の刃が深々と刺さっていた。

信じられないと言いたげに、相良は両眼と口をぽっかりとあいている。

匕首の柄を両手で握りしめているのは、お蘭だった。

「お蘭……何故だ……」

「どうしてかって？　おまえを殺《や》るのに、万にひとつとない運がめぐってきたからさ」

裂けたような、凄みを帯びた笑みだった。長屋にいたとき一瞬覗いた、憑物を宿した眼だ。何のためらいもなく匕首を相良の腰から抜き、南瓜でも串刺しにするように、ふたたび突き立てる。呻き声がもれ、相良のからだが前のめりになった。

「おまえという女は……一度ならず二度までも……」

柾さまが歯嚙みする。憎しみが渦を巻き、殺気と化した。

「師範代と相対する先生を、おまえが後ろから刺した……師のお気持ちを、おまえは逆手にとったんだ……どこまで卑劣を重ねるつもりか、お蘭！」

不覚をとったことよりも、信じていた後添いに裏切られ、矢内重之進さまは心を乱した。

だからこそ弟子の相良に、あっさりとやられちまったんだ。

「卑怯だの何だの、そいつはお角違いだ。女はもともと非力に生まれついたんだ。力のない者が強い者を倒すには、手立てをえらんじゃいられない。ただ、それだけさ」

「おまえだけは……決して許さん！」

柾さまが踏み込んだ。とたんにお蘭のからだが、はじかれたように相良からはなれた。

相良がお蘭を突きとばしたのだ。女が握った匕首が抜けて、飛沫のように血がこぼれ出た。

てめえも裏切られたくせに、背中の女を守ろうというのか、柾さまを迎え討つ。

ひとたび斬り結び、獣じみた咆哮が、遠吠えのように互いの喉からふり絞られた。

だが、素人のおれにだってわかった。すでに落着はついていた。

腸《はらわた》が、破れちまったんだろう。相良の腰にできた染みが、見る間に広がっていく。さっきは届かなかった刀の切っ先が、相手の首にまともに入った。

どすん、と鈍い音がして、首の横から血しぶきをあげながら、相良隼人がうつ伏せに倒れた。蓬髪からのぞく片方の目玉が、何かを探すようにかすかに動く。とらえたのは、平然と突っ立っている女の姿だった。

「おまえは、そういう女だ……初めから、わかって、いた……」

言いながら、相良隼人はたしかに笑った。見開いた瞳から、消えるように光が失せた。

男が息絶えても、お蘭は身動きひとつしなかった。光の加減で、にらんでいるのか笑んでいるのか、それすらわからない。だが、柾さまの顔が、いっそう険しくなった。刀を手にしたまま、まっすぐに歩を進める。

「駄目だ、柾さま！」

つんのめるように足が前に出たが、張り詰めていた何かが切れて、膝に力が入らない。へっぴり腰のまま駆けつけて、お蘭の前で両手を広げた。

「こんな女、手にかける値なぞない。重い病で、あと三月しかもたねえんだ」

「どけ、勝平」

「嫌だ。侍同士の斬り合いとはわけが違う。殺したって、柾さまの傷になるだけだ！」

おれの背中で、くくっと声がした。

「本当におまえは、面白いねえ。だけどやっぱり、まだまだ子供だね」

するりと細い腕が、おれの前にまわされた。薄闇に浮かぶ白さにみとれているうちに、それはおれの首をきつくしめていた。

「動くんじゃないよ、あの男と同じ死に方を、したくないだろう？」

きつい血のにおいが鼻を刺し、首の横に、ちくりと何かが当たった。お蘭が手にした匕首の切っ先だった。

まったく、迂闊にもほどがある。お蘭が刃物を握ったままでいたことを、すっかり忘れていた。

質になるのも二度目だ。長治が連れ去られたとき、同じように侍に刃物を向けられた。でも、あのときは怖くもなんともなかった。仲間が囲んでいると、わかっていたからだ。あったかい臼みたいな大きくてやさしい玄太、愛想はないけど皆の母親代わりをしてくれる登美、お調子者に見えて本当は誰より気をつかう三治、からだは小さくても仲間内でいちばん大人なテン、いつも一生懸命な伊根と、ほがらかで賢い花、まるで、一日に一滴ずつ水を吸う草のようなハチ。

チビたちを含めたひとりひとりの顔が、日暮れの名残の茜色に浮かんだ。

いまは誰もいない。そう思うだけで、膝がふるえた。おれはひとりじゃ何もできない。

「お蘭、子供を放せ。いまさら足掻《あが》いても、無駄なことだ」

柾さまが声を張り上げたが、お蘭は鼻で笑った。

「そうでもないさ、あんたの顔を見ればわかる。この子が、大事なんだろう？」

お蘭に命じられ、柾さまが刀を地面においた。女の声に従い、後ろへ下がる。

「このままおれを連れて、とんずらするつもりか？」

病の重いからだでは、どうせ逃げおおせっこない。この女の思惑が、読めなかった。

「あいにくと、そんなに頭は悪かないんだよ」

いきなりくるりと景色がまわり、茜のひだを裾につけた藍の空になった。足を引っかけられて地面に倒されたのだと、お蘭に馬乗りになられて初めて気づいた。

「おまえのことは気に入ったよ。だから仕舞まで、つきあってもらおうと思ってね」

お蘭の左手が喉をしめ、右の匕首が眼前にかざされる。その向こうに、邪気をいっぱいにはらんだ、女の顔がある。赤い口から、生きものみたいに舌が見え隠れする。

「どうせ先はないんだ。ここで逝くのもいいけどね、ひとりじゃ寂しいだろ？　おまえを道連れにすれば、あの侍にも意趣返しができるじゃないか」

右手が大きくふりかざされて、刃先が鈍く光った。

耳許に、ざっ、と土をける音が響き、かるい草履の音が地を這った。見えなくとも、柾さまが走りざま刀をひろい上げたとわかる。

と、まるで騙し絵を見せられていたみたいに、お蘭の面相が変わった。

凄まじいほどの酷い笑みが消え、柾さまと雪柳の傍らで出会った、そう話していたときと同じ、春霞のような微笑みがゆったりと浮かんだ。

「いけない！　柾さま！」

お蘭の本当の目論見に、気づいたときには遅かった。

柾さまの刀は、お蘭の胴を、真横から串刺しにしていた。

長い刃が引き抜かれると、細いからだは傾いて、ごろりと仰向けにころがった。

「お蘭、おまえ……こんな三文芝居打ちやがって……」

からだを起こし、女の顔を見下ろした。お蘭はぼんやりと、空をながめている。

この女ははじめから、柾さまに殺されたかったんだ。柾さまの傷になって、一生、胸の中に棲み続けたかったんだ。

「はむ・はたるって、こういうものか……」

欲が深くて、業が深くて。人の一生に深く食い込んで、根こそぎ噛みちぎる。

黙って長屋の片隅で、ひとり寂しく朽ちていくような玉じゃない。

本当に、とんでもない女だ。

なのにどうしてだか哀れでならなくて、切ない思いだけが胸をふさいだ。

柾さまは、しばしお蘭を見下ろして、それから相良隼人の骸の傍らに膝を折った。背を向けているから、顔はわからない。けれど本懐を遂げて満足したようすには、とても見えなかった。

「柾さま……」

「おれが死ねば、おまえの傷がふえる。そうならなくて、良かった」

さっきと同じに、ぽんぽん、と頭をたたかれたような気がした。

箒長屋のある方角から、待ちかねていた捕方の群が、ようやく現れた。


「勝平、よかった！　もうくたばっちまったんじゃねえかと、気が気じゃなかった！」

おれにとびついてきたのは、玄太だった。太い腕でぎゅうぎゅう抱きしめるもんだから、苦しくってならねえ。

「すまなかったな、遅くなって。まったく役所ってのは、のんびりしてやがる。高安さまになかなか取り次いでくれないものだから、その分、時を食っちまった」

おれは今朝、玄太にだけは、箒長屋に出向くことを伝えていた。

玄太はおれの身を案じ、一緒に行くと言い張ったが、

「だったら、商いを終えた七つの頃に、呉服橋御門のところにいてくれねえか？」

万一、七つの鐘が鳴ってもおれが姿を見せないときには、北町奉行所に駆け込んで、箒長屋に相良とお蘭がいることを伝えて捕方を出張らせろ。おれは玄太にそう頼んだ。

北町には、矢内道場の一件を預かっている、吟味方《ぎんみかた》与力の高安さまがいる。柾さまだけ

でなく、おれもこの方には先にちょいと世話になった。

玄太はただの一度も、おれの信用を裏切ったことがない。この寺の場所を示すのも、玄太がいれば造作はなかった。お蘭を連れて長屋を出る前、おれは厠に行くふりをして、ふたりを先に行かせた。赤い布に、炭の切れ端で寺の名をかいて、長屋の木戸の足のあたり、目立たぬ場所に結わえておいた。赤い布は、仲間うちで通じる目印だった。

相良が現れる前に来てくれればと、ずっと祈っていたけれど、それは叶わなかった。

「すまねえな、勝平。これじゃ、なんのために大勢連れてきたのかわかりゃしねえ」

仇討を止めることができなくて、玄太はしょんぼりしている。

「そうでもねえさ。少なくとも、捕方を連れてきた頃合だけは、えらく間がいい」

役人がおれたちの姿を認めたのは、ちょうどお蘭が刃物をふり上げたときだった。辺りの闇は濃くなっていたが、それだけははっきり見えたと玄太も言った。おれはこいつを存分に使うことにした。

「何遍も言わせねえでくれ、高安さま。あれは、仇討なんぞじゃねえんだよ」

奉行所の土間に座らされ、おれは大威張りで吟味方与力に申し上げた。

鷹のような鋭い顔をしちゃいるが、この与力さまは案外話せるお方だ。物言いを咎められない分、婆さまなんぞよりずうっと気楽だ。

「柾さまはあの寺で、お蘭と話をしようとしていただけだ。そこに鼻傷の侍があらわれて、あっちが先にだんびら抜いたんだぜ」

仕舞いのところだけ本当だから、嘘をついても、たいして気も咎めない。婆さまの怒った顔がちらついたけど、今度ばかりは目をつむってもらうことにした。

高安さまは口をへの字に曲げて、疑《うたぐ》り深い目でこちらをながめている。

「なにより、あの女を殺めたのは、おれを助けるためだ。それだけは、間違いのねえところだろう?」

このお役人は、決してぼんくらじゃない。こっちの嘘なぞお見通しだろう。おれはただ、赦免のための方便を与えただけで、正直、どこまで効を奏したかわからない。

それよりも、亡くなった道場主の縁者の力が大きかった。矢内重之進さまは、大身旗本のご次男だった。道場も立派なもので、だからこそお蘭の餌食になっちまったんだろうが、このご一族が、こぞって柾さまの無罪放免を願い出た。

それでもお咎めなしの、沙汰は下りなかった。

ちょうど雪柳の枝が、真っ白な花でたわむころ、柾さまは江戸を払われた。

「母上のことを頼んだぞ、勝平」

見送り人の数が多すぎて、それしか言葉を交わせなかった。長谷部家の方々やおれの仲間はもちろん、矢内さまのお身内や、昔の門弟なぞも足を運んでくれたのだ。

ひと月以上のお牢暮らしで、少しやせた柾さまは、前よりも大人びて見えた。

「無事に立ったようだな」

幾度もふり返り、手をふる姿が遠ざかると、頭の上できなれたお役人の声がした。

「高安さまは、おれが嫌いだろ」

「なんだ、それは？」

「おれが見込んだ大人は、みぃんな江戸からいなくなる。高安さまが、江戸払いにするからだ」

「おまえたちをかばってお縄になった、若い奴のことか？　そういえば、あいつが江戸を立ったのは、ちょうど一年前だったな」

小さくなる背中が切なくて、気を抜くと泣いちまいそうだ。だから喧嘩をふっかけた。

「まあ、そう言うな。所払いはいわば、御上の方便のようなものだ。当人にああも頑固に仇討だと言い張られてはな、こっちも咎めるより仕方がねえよ」

柾さまは最後まで、己の罪を許さなかった。

矢内道場で、柾さまに直に剣を教えていたのは、相良隼人だった。

「あの鼻の傷は己がつけたものだと、そう言っていた」

柾さまの腕が、まだおぼつかない頃の話だ。無理な打ち込みをした拍子に、折れた木刀が手からとんで、相良の鼻頭を打った。そのときの傷なのだそうだ。

矢内さまを殺めたことも、また、お蘭との悪行三昧の噂をきいても、柾さまは兄弟子をどこかで信じたかったんだろう。六年ぶりに顔を合わせたあのとき、あの荒んだ気を放つ姿を見て初めて、気持ちにふんぎりをつけたんだ。

「そう、しょぼくれるな。なに、三年もしたら戻してやるさ」

上背のあるお役人を仰ぐと、青い空と、桜の梢が見えた。

「その頃には、おまえたちはもう大人だ。楽しみだと思わねえか?」

鷹のようなきつい顔から、白い歯がこぼれた。

みっしりと蕾をつけた桜の枝が、うなずくように小さく揺れた。

登美の花婿

長谷部家では、月に二、三度の割合で、大事な寄合が開かれる。

勝平以下、年嵩の者が集まって、商いのあれこれを相談するのだ。

この寄合には、婆さまとご新造さまはもちろん、ときにはご当主の義正さままでが顔を出す。非常に格の高い寄合だった。最近は、伊根や惣介といった中ほどの者たちと、さらには何故か花までが加わるようになった。きっとハチが、目の届くところに置いておきたいのだろうと、寄合に呼ばれぬ者たちは噂した。

この寄合からつまはじきにされるのは、六人だけだ。しかし仲間に入れぬことを、誰も不服には思ってはいない。

六人のあいだで持たれる、もうひとつの大事な寄合があるからだ。

この日も長谷部家の裏庭には、六つの小さな頭が車座になっていた。

「……というわけでな、その倅が、しつこく登美にちょっかいを出してくる」

額をくっつけんばかりにして、小声で仔細を語っていたひとりが、小さな拳を握りしめた。

日頃は登美に張りついているくせに、きかん気だけは誰にも負けない。

「登美はおれとタヨだけじゃねえ、いわばみんなの母ちゃんだ。あんなヤなヤツに、かっさらわれてなるものか！」

「ヤなヤツ、ヤなヤツ」と、いつものごとく幼い声が続く。

それまで聞き手に徹していた男の子三人が、いっせいにしゃべり出した。

「でも、このところ、だいぶヤなヤツじゃなくなったんだろ？」

「おれたちの分まで、たんと菓子をくれるもんな。あいつがくれる菓子はとびきりうめえ」

「おうらい屋は金持ちだし、登美が嫁に行けば、ずうっとうまい菓子が食えるじゃねえか」

一様に頬をゆるめる三人に、幼いタヨを除けば、唯一の女の子がため息をつく。

「おうらい屋じゃないでしょ、エイ」

「道を歩くの往来だろ？　勝平と玄太が話してた。おまえもきいたろ、ミツ？」

「だから、とうらい屋だってば。到来物は、もらってうれしいもの」

何か違うような気がすると、三人が首をかしげる。

「それに、嫁に行ったって、秋ナスすら食べさせてもらえないんだよ。お菓子なぞ、きっともらえないよ」

「おれはナス好きじゃねえから、構わねえ」

「おめえが嫁行ってどうすんだ、シゲ」

「だから嫁に行くのは、登美だと言ってるじゃねえか！」

「ロクは、嫁に行かせたくねえんだろ？」

「あ、そうだった」

七つを越えない顔ぶれだから、話はすぐに、つまずいたり道を逸れたりする。

「さっきから、ちっとも話が進まないじゃない」

業を煮やしたように、気取った声が割ってはいった。歳は皆と同様の六つだが、身なりは明らかに上等だ。

「あ、まぎわだ」

「まじゃなくてみ。み、ぎ、わ！」

長谷部家の長女、佐一郎の妹の汀だった。

いつもつんとすましていて物言いも高飛車だから、決して近しくしたい相手ではない。それでも長谷部の家に世話になる身だ。そう無下《むげ》にもできないと、子供ながらにわかっている。

「何よりあたしは武家の娘なんだから、姫さまよ」

「へーい、姫さま、姫さま」

「ロクって本当に意地悪ね。せっかく登美のために、いい思いつきがあったのに」

「思いつきって、何だよ」

汀は車座に無理にからだを詰め込んで、こほん、ともったいぶった咳をした。

「登美をこうらい屋の息子に、盗られないためには」

「それじゃ、芝居役者になっちまうぞ、まぎわさま」

「いちいち茶々を入れないでちょうだい、シゲ」

話の腰を折られた汀が、小鼻をふくらます。丸い鼻先や、笑うとなくなりそうな目はお父上に似ているのに、残念ながら温厚な気性は受け継がなかったようだ。

『汀の立居振舞は、ご隠居さまの幼い頃によう似ておられる』

親類縁者にあたるじいさまが、訪ねてきた折にそう話していた。

ご隠居さまとは、婆さまのことだ。以来、さわらぬ神に祟りなしと、男連中はいっそう遠巻きにするようになった。けれど当の姫さまは、そんなことまるで気づいていない。

しきりなおしと言わんばかりに、こほんともう一度咳をして、おもむろに口を開いた。

「つまりね、登美に別の花婿を見つければ、こうらい屋の息子の嫁になぞ、ならなくてもいいでしょ」

「なるほど！　その手があったか」

おー、と賛辞のため息があがり、汀が丸い鼻をうごめかす。

「で、誰を婿にすんだ？　てっとり早く、三治でいいか。同じ長屋に暮らしてるしな」

「そいつは駄目だ、ツネ。婆さまが登美に、三治はいけね、と言っていた」

「言ってた、言ってた」と、かわいい声が続く。

ここでは婆さまは、公方さまよりえらい。早々に三治は除かれて、次の案が出た。

「それなら、勝平だ。稼ぎ頭なら文句はねえだろ」

「だが、婆さまは、勝平にも手厳しいぞ」

「それに勝平は、忙し過ぎる。女房を放ったらかしの亭主はよくないって、長屋のおかみさんたちも言ってたわ」

女の子らしい注文が入り、勝平もまた却下に至る。

「テンはどうだ？　やさしいし働き者だ」

「テンも忙しさでは、勝平に負けてない。何より、あのお吟の世話は厄介だ」

「玄太がいいよ。力持ちだけど怒った顔なぞ見たことねえ。かみさんを大事にしそうだ」

「けど、玄太はなあ、勝平の女房になるみてえだぞ」

「何だって、男が男の女房になるんだよ」

「ご新造さまが言ってたんだ。『玄太は勝平の、良い女房役ですね』って」

さっぱり意味がわからないが、ひとまず玄太も横に置いておくことにする。

「残るは、ハチか……」

「伊根に殺されるぞ」

うーん、と皆が頭を抱えた。なかなかに思案が難しい。

汀が口に手を当てて、ふふふと笑う。

「ひとり忘れてるわ。誰より花婿向きの相手が、いるじゃないの」

「誰だよ、まぎわ。勿体ぶってねえで、さっさと教えろよ」

タヨをおぶっているせいもあって、そろそろ疲れてきたようだ。ぞんざいな口調で汀をにらむ。

「ロク、何遍《なんべん》言えばわかるの。あたしはね……」

「姫さま、どうぞお教え下せえまし。これでいいんだろ?」

この面倒な姫さまを、さっさと追い払った方がよさそうだ。顔にはそう書いてある。それでも汀は、しごく満足そうにうなずいた。

「仕方ないわね。そうまで頼むなら教えてあげるわ」

四人の男の子は、鼻白《はなじろ》みながらも辛抱強くこたえを待った。

「登美は、兄上の嫁さまになればいいのよ」

「佐一郎さまの？」

その場の誰もが口をあけ、それからいっせいに色めき立つ。

「町人身分の者が、お武家の嫁になぞなれるのか？」

「なれるわよ。ご近所の若さまは、先月、傘屋の娘をお嫁にしたし、母上のお知り合いの、そのまたお知り合いの……どこまで続くんだっけ……とにかくその弟君は、渋谷村の百姓の娘を娶《めと》ったのですって」

何ともあやしげな話しぶりだが、子供達は大いに感心したようだ。

たちまち登美を、長谷部家に嫁入りさせる算段をはじめる。

「でもよ、佐一郎さまはこのところ、それこそ忙しそうだぞ。嫁取りの暇なぞなさそうだ」

先には剣術指南と称して、よく男の子連中の遊び相手をしてくれたのだが、このところ塾だ道場だと、やたらと忙しくとびまわるようになった。

「兄上はね、お武家になる覚悟を決めたのだそうよ」

「もともと武家生まれなのに、何をいまさら」

皆は首をかしげるばかりだが、汀も詳しいことは知らぬようだ。

「けどよ、それこそ婆さまが承知するか？　なにせ、あの登美だぞ」

いまだに田舎言葉が抜けず、垢抜けしない登美の行状に、皆がはたと思い当たる。それでも汀の余裕の笑みは変わらない。

「心配ないわ。この汀が、武家の嫁としてふさわしいよう、登美に手ほどきしてあげる」

「本当か！」

「ええ、ロク。ちゃんと約束してあげる。その代わり……」

「姫さまと呼べってんだろ。登美に力を貸してくれるなら、何万遍だって呼んでやるよ」

「そうじゃなく……」

汀がめずらしく口ごもる。うふふ、とミツが、楽しそうに笑った。

「ロクにも長谷部の家に来てほしいのよね。登美と一緒なら、ロクも文句はないでしょ」

「一緒にって、どうしておれまで」

「もちろん、汀ちゃんのお婿さんとしてよ」

子供たちのあいだに、かつてないほどの沈黙と静寂が満ちわたり、次いで大絶叫が響きわたった。

「おみっちゃんたら、言わない約束でしょ」

「あら、いいじゃない、善は急げというし」

恥ずかしそうな汀に、ミツはにこにこする。

呆然と固まったままのロクの肩に、ぽん、とエイの手がかかった。

「達者で暮らせ、ロク」

「ああ、おめえの働きは、無駄にはしねえ」ツネが反対の肩をたたき、

「後のことは、おれたちに任せろ。もちろん、タヨの面倒も見てやるからな」

シゲはよっこらしょと、タヨを背中から持ち上げた。

あいにくとこの話は、わずか半刻後に立ち消えとなる。

「ばかこくでね」と拳固《げんこ》を落とされたのはいつものことだが、何故かロクはそれ以来、蓬莱屋の倅の悪口を、ぱたりとやめた。

解説

フランス映画のように

小路《しょうじ》幸也《ゆきや》（作家）

のっけからで申し訳ないけど僕は時代小説をあまり読んでいないのです。おいおい何でそんな男が西條奈加さんの解説なんか、と気色ばんだ方々、お待ちください。いや実は大好きなんですよ。時代物。何せ物心ついた頃から親父の膝の上でテレビの時代劇を見ていた世代です。〈水戸黄門〉や〈大岡越前〉というメジャーどころはもちろん〈黒い編笠〉とか〈斬り抜ける〉なんていうマニアックなものだって今でもはっきり覚えていまして、何よりも〈必殺シリーズ〉と〈木枯し紋次郎〉は全ＤＶＤを持っているぐらいのマニアックなファンです。

そんな僕ですから、池波正太郎先生や柴田錬三郎先生や岡本綺堂先生等々の時代小説作品を読まずにいられるはずがありません。でも、あえて、我慢してあまり読まないようにしていたのです。他にも読まなきゃ済まないジャンルはたくさんあるし、何より時代小説はある程度枯れた年代に読んでこそ、その魅力が身の内に沁みるのではないかと考えて、若い頃は読まずに取っておいたのです（そうです大好物はいちばん最後に食べるタイプです）。そんな僕も五十を越しまして、そろそろ本格的に時代物を読みふけろうかというタイミングでこの解説のお仕事をいただきました。喜々として引き受けたことは言うまでもありません。長々と失礼しましたが、まずは時代物に関する僕のLOVEを知っていただいたところで、お待たせしました。

西條奈加さんの傑作時代小説連作『はむ・はたる』が文庫で登場です。タイトルになっている謎のような言葉は〈ファム・ファタール〉のことでしょう。物語を書く人間にとっては馴染みの深い言葉ですが、フランス語で男にとっての〈運命の女〉という意味だそうです。運命のようにして結ばれる女性であればまだいいのですが、多くは存在するだけで多くの男を惑わす魔性の女という意味で使われますね（個人的には〈ファム・ファタール〉といえばジェーン・バーキンを思い浮かべます）。

さてそれではこの物語、江戸を舞台にした男女ものの悲恋もしくは小股の切れ上がった悪女に翻弄される男達が登場するのかといえばさにあらず、『はむ・はたる』で大活躍するのは、深川六間堀町のあやめ長屋に住む子供たちなのです。

親に捨てられ売られ掏摸かっぱらいで食いつないでいたけれども、お上の裁きを受け今は真っ当に商売をやって暮らしているたくさんの子供たち。その中で年かさである、玄太、三治、天平、登美、伊根、そして勝平がそれぞれ物語の語り手を務めます。

奈加さんの時代物の魅力は、そのお里といってもいい〈ファンタジー性〉にあるのではないでしょうか。

時代劇は広い意味ではファンタジーです。〈この世に存在しないもの〉を題材に扱った小説なのですから、そう言っても間違いではありませんよね。

少し本筋から離れて乱暴に言ってしまいますけど、かつては〈時代劇〉といえばそれは即ち〈江戸もの〉を指しましたが、平成の世、そして二十一世紀になって久しい現代、〈昭和〉でさえ〈時代劇〉になってきました。『ＡＬＷＡＹＳ　三丁目の夕日』シリーズが大ヒットした今では〈江戸時代劇〉と〈昭和時代劇〉という二大時代劇ジャンルが確立されているといっても過言ではないでしょう（明治と大正はそのどちらかと地続きで描かれるパターンでしょうか）。

閑話休題。

西條奈加さんの時代小説に盛り込まれるオリジナリティ溢れるファンタジー性は、この『はむ・はたる』においては、子供たちを主人公にしているのにもかかわらず、タイトルロール通りに〈ファム・ファタール〉をまるでバンドにおけるベースのように物語の中に低くメロディアスに流し続けているところです。

そのベースを演奏するのは、子供たちの身元引受人になっている武家長谷部家の次男、長谷部柾です。

長谷部柾が演奏する〈ファム・ファタール〉がいったい何であるかは、興を削ぐのでここでは言及しません。

この長谷部柾、一言で言えば〈変なおじさん〉です。あ、年齢的には〈お兄さん〉ですかね。飄々としていてふらふらしていて、そしていつでもどんなときでも〈子供の味方〉の変なおじさん。

子供が主人公である名作物語は数ありますが、必ずといっていい程こういう変なおじさんが登場します。子供たちの目線で物事を考えられて、大人のくせに大人たちの柵に縛られず、どんなときでも子供と一緒になって走り回ってくれる。

そうして、子供たちが大人への階段を一段上がろうとするときに、おっかなびっくりのその背中を微笑みながらそっと優しく押してくれるのです。

侍である長谷部柾が武士としてそして男として抱え込んでしまった〈はむ・はたる〉の物語を、玄太、三治、天平、登美、伊根、勝平らの子供たちが一緒になって抱え込み、江戸の町を走り回って、人のために子供のために自分たちができる精一杯のことをやってのけます。その子供たちの優しき心根と自分を慕ってくれる思いに報いるために、長谷部柾もまた子供たちのために動き続けます。

ラストシーン、果たして長谷部柾がどのようにして子供たちの胸に何かを残したのか、どうやって背中をそっと押したのか、また子供たちがどう感じたのか。どうぞ皆さんの眼で確かめてください。

この物語を読んでいる間、おそらくは〈ファム・ファタール〉という言葉に触発されたのでしょうけど、僕の頭の中にはずっと、江戸ではなくフランス映画のシーンが繰り返し繰り返し流れていました。

『地下鉄のザジ』のザジのあどけない屈託のない笑顔や走り回る姿、『去年マリエンバートで』のアーティスティックな光と影のコントラスト、『僕の伯父さん』のコミカルなのにどこか切なく物悲しい動き。

でも、それが実にしっくり来ていました。

西條奈加さんがそこを狙って書いたのかどうかはもちろんわかりませんが、僕としては奈加さんが仕掛けた『江戸の〈はむ・はたる〉』のファンタジーにすっかりやられてしまったわけです。

実は奈加さんとは同じ北海道出身です。

西條奈加さんは二〇〇五年に日本ファンタジーノベル大賞受賞作『金春屋ゴメス』でデビューされましたが、僕はその二年前にデビューしていましてほとんど同期みたいなものだし、年齢もそんなに違わないのです。とある出版社のパーティで「はじめまして」と挨拶して、郷里の話で盛り上がったものです。そういえば昨年はお会いできませんでしたが(会ってないよね?)お元気でしょうか。

またどこかのパーティで、その美しい着物姿に出会えますように。

二〇〇九年八月　光文社刊

初出「小説宝石」
あやめ長屋の長治　二〇〇七年十一月号
猫神さま　二〇〇八年六月号
百両の壺　二〇〇八年八月号
子持稲荷　二〇〇八年十月号
花童　二〇〇八年十二月号
はむ・はたる　二〇〇九年二月号
登美の花婿　書下ろし

光文社文庫

連作時代小説

はむ・はたる

著者　西《さい》條《じょう》奈《な》加《か》

2012年3月20日　初版1刷発行
2022年6月20日　9刷発行

発行者　鈴木広和
印刷　KPSプロダクツ
製本　榎本製本

発行所　株式会社　光文社
〒112-8011　東京都文京区音羽1-16-6
電話（03）5395-8149　編集部
8116　書籍販売部
8125　業務部

落丁本・乱丁本は業務部にご連絡くだされば、お取替えいたします。
ISBN978-4-334-76380-0　Printed in Japan

組版　萩原印刷